PARKLANE 148

Franz Sommerer

PARKLANE 148

Krimi

Bibliografische Information der Deutschen Nationalbibliothek
Die Deutsche Nationalbibliothek verzeichnet diese Publikation
in der Deutschen Nationalbibliografie; detaillierte bibliografische
Daten sind im Internet über http://dnb.d-nb.de abrufbar.

© 2013 Franz Sommerer
Umschlagdesign, Satz, Herstellung und Verlag:
BoD - Books on Demand
ISBN 978-3-8482-4322-8

Was bewog Zaco, sichere Wege zu verlassen, sich einzureihen in das, was er bislang zu vermeiden suchte? War es vonnöten, dann nur in einem Gefährt, das ihn von anderen abschirmte. Welcher Zwang ergriff von ihm Besitz, sich der Hast der Straße zu stellen? Ruhelose Blicke wirft er um sich.

»Beruhige dich, Zaco. Jedes auffällige Benehmen lässt andere aufhorchen. Plagen dich Zweifel, so unterdrücke diese.«

Zweifel begleiten Zaco deshalb, ob es rechtens, gerade bei seinem größten Widersacher anzuklopfen. Unruhig bleibt sein Schritt, noch einmal innehalten.

»Du hast diesen Weg begonnen, so führe ihn auch zu Ende.«

Die barsche Stimme Woncas forderte Zaco auf einzutreten. Noch einmal zögert Zaco. Wann hat er diese Stimme zum letzten Mal vernommen? Urzeiten ist es her.

Ein strafender Blick trifft Zaco, als dieser die Tür öffnet. Abwehrend hebt Zaco beide Hände. Als freundliche Einladung ist das, was ihm Wonca entgegenhält, nicht gerade anzusehen.

Trocken gibt Zaco Wonca zu verstehen: »Solltest du das Gleiche bei mir vermuten, so muss ich dich enttäuschen. Meine Taschen sind leer.«

Darf Wonca Zacos Worten Glauben schenken? Glauben nach all den Jahren der Feindschaft? Kam es auch nie zu ernsthaften Auseinandersetzungen, als harmlos will sie dennoch keiner von ihnen betrachten. Welche Gründe es auch immer hierfür gab. Verluste und Blessuren gab es auf beiden Seiten. So etwas vergisst man nicht.

»Welcher Teufel hat dich geritten, mein Domizil mit deiner Visage zu verschmutzen?«

Starr ihrer beider Blicke. Noch einmal zwingt sich Zaco zur Ruhe.

»Fordere ihn nicht heraus, sonst kannst du dein Leben gleich mit wegwerfen.«

»Welche Gestaltung du meinem Besuch auch immer zuordnest, es gibt nur eine Variante, die Zukunft.«

Bekam Wonca auch nicht gleich einen Lachanfall, ein schiefes Lächeln überzog dennoch sein Gesicht.

»Zukunft, Zaco? Unsere Zukunft liegt auf der Straße. Auf Wegen die keine Helligkeit ausleuchtet. Dort wartet unsere Zukunft. Dass diese dunklen Gassen mehr und mehr zur Vergangenheit werden, und dadurch die Erfolge immer spärlicher werden, dem Rechnung zu tragen, steht obenan. Denke hier nicht an ein Verschmelzen, das wird es niemals geben. Finde dich damit ab, erinnere dich unrühmlicher Zeiten. Verlasse diese schmalen Wege, begebe dich auf die breiteste Straße, die du finden kannst. Sollte sich wahrlich eine derartige auftun, eine bessere Breitseite könntest du ihnen nicht mehr bieten.«

»Suche nicht alle Schuld bei mir. Die Wege waren nicht immer so, dass wir hätten ausweichen können. Bestenfalls lässt sich die Frage stellen, wer roch den Braten zuerst? Wer legte die Spuren? Hier standen wir uns in nichts nach.«

»Warum streckst du gerade jetzt deine Hand nach mir aus?«

»Welche Erklärung würde dir schmecken?«

»Keine.«

Schwerfällig erhob sich Zaco. War es anders zu erwarten? Behutsam legt Wonca die Schusswaffe zur Seite. Sein Besuch bedeutet noch lange nicht das Ende einer über Jahre hinweg andauernden Feindschaft. Seine unkontrollierbaren Reaktionen sind weithin bekannt. Zaco lässt es dabei. Einer Aufforderung Woncas, die Tür von außen zu schließen, bedarf es hier nicht. Sie sind sich beide ebenbürtig. So zumindest sieht es Zaco. Wonca hingegen vertritt eine andere Meinung.

Er schreitet zum Fenster, um den Abgang Zacos genau ins Auge zu nehmen.

Was es zu betrachten gibt, sollte ihn eigentlich zufriedenstellen. Nicht bei Wonca. Trotz aller Konkurrenz und Feindschaft, die nun mal bei zwei gleich großen Kalibern unweigerlich besteht, zollen sie sich dennoch gegenseitig Anerkennung. Geht ein Weg für eine Seite zu Ende, unrühmlicher könnte der Ausstieg nicht mehr sein. Wonca findet dennoch ein paar Worte, als er Zaco davonschreiten sieht.

»Zaco. Du wirst alt.«

Lange überlegte Wonca, ob es angebracht sei, seine Mannschaft über Zacos Besuch in Kenntnis zu setzen. Kommt Zaco bei ihm nicht zum Zuge, wird er nichts unversucht lassen, sein Ziel auf Umwegen zu erreichen. Kurz entschlossen lässt Wonca Hom rufen.

Als Hom bei Wonca eintrifft, eröffnet Hom sofort das Gespräch:

»Was liegt an, Wonca? Die Vögel zwitschern nicht mehr. Ist es das, was du hören willst?«

»Nicht unbedingt.«

Für einen Moment hält Hom inne.

»Welcher Anlass beschert dir dann Besorgnis?«

»Zaco.«

»Zaco? Was ist mit ihm?«

»Seine Wölfe heulen nicht mehr.«

»Wessen Verdienst könnte das sein?«

»Darüber nachzudenken mag sich lohnen, Hom. Nur heute nicht. Zaco ist angeschlagen.«

»Bricht in seiner Riege ein innerer Machtkampf aus?«

»Einen solchen schließe ich aus. Vorrechtskämpfe gab es früher und wird es auch weiterhin geben. Auch bei uns. Es gelang dennoch immer, eine Befriedung herbeizuführen. Ebene Wege, um an das Kapital heranzukommen, lassen sich ebenso wenig finden wie offene Türen. Für Durststrecken sorgen schon andere. Dafür zu kämpfen, dass wir immer ausreichend zur Verfügung haben, ist unsere Sache. So sollte es zumindest sein. Seine Beutezüge waren nicht weniger erfolgreicher als die unseren. Gefährlich wird es dann, ist erst einmal die Meute gesättigt, und ihr Hunger wendet sich anderem Futter zu, Futter, das die Kälte der Nacht vertreibt, noch dazu ohne jegliches Risiko, wer verlässt da schon gerne ein solch warmes Nest.«

»Steht zu befürchten, dass die Gemeinschaft zerfällt?«

»Vollständig wohl kaum. Sie mag sich verkleinern. Genau darin vermute ich Zacos Befürchtungen. Kleine Fische interessieren Zaco nicht. Gierst du nach Großem, bedarf es ausreichend Helfer. Halten wir ein Auge darauf, wie sich alles entwickelt. Verfolgen wir seine Wege, so bringen wir in Erfahrung, wie seine Mannschaft aufgestellt bleibt. Hilfestellung können wir später noch immer leisten. Diese schon im Vorfeld festzulegen würde unsere Position erheblich schwächen. Heften wir uns an die Fersen des Rudels. Es muss uns daran gelegen bleiben, die innere Geschlossenheit zu bewahren. Es könnte sonst abfärben. Die Zeit ist noch nicht reif hierzu.«

»Also keine Aufteilung der Kontingente?«

»Du sagst es.«

Hom versuchte, Einwände vorzubringen.

»Könnte nicht doch?«

»Hom. Könnte, vielleicht, gar wenn, fasse das alles zusammen. Beachte das Resultat. Was wissen wir über die Fähigkeiten seiner Truppe? Zuvorderst müsste anstehen, den Grund ihres Ausscherens in Erfahrung zu bringen. Auch wenn es Zaco so nicht hingestellt hat, doch darauf läuft alles hinaus.«

»Etwas Nachhilfe sollte nicht von Schaden sein.«

»Was gedenkst du zu unternehmen?«

»Den lodernden Flammen Nahrung hinzufügen.«

»Was auch immer du anzusteuern vorhast, auf uns darf es nicht gemünzt werden.«

»Nachrichten pulsieren auf allen Kanälen.«

Die Zufriedenheit in Person ist Wonca deshalb noch lange nicht. Gehört auch Hom sein uneingeschränktes Vertrauen, ist erst einmal der Griff nach den Sternen in Reichweite gerückt, was ist eine Loyalität dann noch wert?

Jeder legt so seine eigene Fährte. Wer die größtmöglichen Sicherheiten bietet, hat immer das Rudel hinter sich.

Nachdem Hom Wonca verließ, sinnierte Wonca.

»Sicherheit. Ist das das Schlagwort für Zacos Furcht? Mangelt es ihm daran, weshalb das Rudel sich verkriecht, um nicht anderen zum Opfer zu fallen? Fehlt es Zaco an Flankenschutz? Drückt das sein Verhalten aus? Den Anschein hat es. Ebenso könnte eine vorübergehende Verstimmung als Grund in Betracht gezogen werden. Großes steht zurzeit nicht an. Hom brachte es ja zum Ausdruck. Wonca, mach dir nicht seine Probleme zu den deinen. Nur weil er heute seine Hand ausstreckte. Wie oft ist er uns zuvorgekommen. Brachte er jemals ein Wort des Bedauerns an? Nein. Sein Rückzug vollzog sich immer so rasch, sodass nur zu erahnen war, wer es gewesen sein könnte. Was aber geschieht, wenn es sich wiederholt, und er ist nur mit halber Mannschaft vor Ort? Nicht auszudenken, welches Chaos sich daraus entwickelt, und wir mittendrin. Zaco, dein Fingerzeig mag zwar etwas bewirken, doch noch gibt es keinen Grund dafür.«

Welches Empfinden begleitet Zaco? Wut, Enttäuschung? Oder doch so etwas wie Verständnis für Woncas Ablehnung? War es denn nicht meistens er, der Wonca die fettesten Brocken entriss? Was er zurückließ, waren doch immer nur Brosamen. Woher ihm, Zaco, auch immer die Nachricht zuflatterte, wo sich ein Besuch lohnt, auch einem Wonca konnte dies nicht verborgen bleiben. Er wurde immer darauf aufmerksam. Müßig darüber nachzudenken, warum und wieso. Wer die Szene beherrscht, vergoldet so sein Dasein. Näher sollte bei ihm die Unruhe seiner Mannschaft liegen. Diese zu ergründen, sollte Vorrang haben. Dass ihm das Rudel über den Kopf gewachsen ist, und das Futter, das es zu beschaffen gilt, nicht mehr ausgiebig vorhanden sei, sich so der eine oder andere absondert, um eigene Wege zu gehen, kann man gelten lassen. Außergewöhnlich bleibt nur, wenn das ganze Rudel dem Anführer nicht mehr gehorchen will. Wie hier Abhilfe schaffen? Mit Wonca gemeinsam wäre es eine Option gewesen. Wäre. Wonca jedoch verspürte keinen Drang hierzu. Auch das ist verständlich. Die nächste Reise in fremde Gefilde wird Aufschluss geben. Sofern seine Meute wieder Hunger verspürt.

Hom versucht seinerseits, Wohlklingendes zu vernehmen. Ungewöhnlich diese Stille. Sollte, könnte. Hom setzt ein klares Nein. Die Folgen sind nicht kalkulierbar. Nach den Niederlagen, die jeder einstecken musste, bleiben Vorkehrungen nicht aus. Reichen diese auch aus, um Wiederholungen auszuschließen? Auch hier bleibt Hom nur, ein großes Fragezeichen zu setzen. Dass Müßigkeit um sich greift, ist kaum nachvollziehbar. Warum, weshalb, wieso? Zaco wird sich dem Wandel stellen müssen. Nach wie vor bleibt es bei getrennten Wegen.

Die Tage ziehen ins Land. Nichts deutet sich an, was lohnenswert wäre. Der letzte große Coup liegt auch schon weit zurück. Jeder hüllt sich in Schweigen. Seiner Mannschaft scheinen diese Tage der Ruhe willkommen. Unruhe darf dennoch nicht über sie hereinbrechen. Hom ruft zusammen, was greifbar. Maci, der Feinfühlige, tastet sich langsam vor.

»Was gibt die dritte Garde von sich? Wie viel an Auswertbarem bietet sich an?«

»Die Straßen sind einer gründlichen Reinigung unterzogen, Maci. Zu gründlich, wenn du so willst. Das bekommen nicht nur wir zu spüren, weit mehr noch Zaco.«

»Was bringt dich zu dieser Annahme?«

»Zaco selbst. Sein Rudel bleibt seiner Meinung nach zu lange im Bau.«

Maci wiegt den Kopf.

»Phasen dieser Art gab es, und werden sich auch weiterhin uns in den Weg stellen. Meist dann, wenn sich Komfortables ankündigt.«

»Zurzeit ist es kaum denkbar. Die Nester der Sänger sind leer.«

»Kein Gefieder, kein Gesang. Sollte denn nicht gerade das zu einer Anhäufung des Futters führen?«

»Ich frage mich nur, warum sich ausgerechnet Zacos Rudel so auffallend still verhält?«

»Ist es an dem?«

»Zacos Worten bei Wonca nach ja.«

Nun wird Maci doch hellhörig.

»Zaco stattete Wonca einen Besuch ab?«

Hom unterrichtet seine Mannschaft von dem Treffen.

»Kannst du erahnen, was sich dahinter verbirgt? Ein geschickter Schachzug Zacos? Was steht bei Zaco an? Ist dem, was in Aussicht steht, seine Mannschaft noch gewachsen? War es doch bisher so, dass Zaco immer vor uns ausräumte. Was gab ihm Wonca zu verstehen?«

»Hast du noch mehr von dieser Sorte auf Lager?«

»Wenn es damit nicht genug ist, ja.«

»Wonca hat ein Zusammengehen abgelehnt.«

»War Wonca hier nicht doch zu voreilig?«

»So, wie sich die Lage momentan darstellt, nicht. Hält die Stille weiter an, wird es zwangsläufig dazu führen, die Lauscher stärker auf Empfang zu stellen, und das in alle Richtungen. Aufnehmen was hörbar, und sei es das kleinste Steinchen sorgfältig verwahren, um es zu einem vollständigen Mosaik zusammenzufügen.«

»Vergeudest du damit nicht zu viel an Zeit?«

»Wie sonst willst du ausreichend Erkenntnis gewinnen, wenn nicht auf der Straße? Jeder unvorsichtige Schritt stellt dich dann längere Zeit in den Schatten.«

Dem vermochte Maci nichts entgegenzusetzen. Welche Melodie lohnt sich anzustimmen und sich zu Gemüte zu führen? Wer schlägt die nachhaltigsten Töne an? Stillstand trägt nicht gerade dazu bei, die Stimmung zu heben. Es mutet sie an, als ob alle Gräben, die bislang noch Wasser führten, ausgetrocknet wären. Einer Abhilfe bedarf es hier. Nur wie diese herbeizaubern? Hat Zaco dies vorausgesehen und suchte deshalb den Schulterschluss mit Wonca? Es liegt durchaus im Bereich des Möglichen. Wenngleich Zaco auch nur das eine wollte, was aber so nicht eintreffen wird. Wonca zieht nicht mit. Ungewiss, was ihnen noch alles vor die Füße geworfen wird. Nachgeben? Hom zieht es in Erwägung. Öffnet sich irgendwo eine Schleuse, rascher kann ein Vergessen nicht mehr einsetzen, und alte Strukturen gewinnen wieder die Oberhand. Hom will sich unter Zacos Mannschaft umhören, wie sie die augenblickliche Lage einschätzen.

Wo aber suchen? In gewissen Gegenden, die kaum einen besseren Ruf haben, als sie selbst? Jedes Aufeinandertreffen außerhalb abgesteckter Reviere ruft weder Neid noch Unmut hervor. Machtgehabe offerieren nur die dort Ansässigen. In deren Gehege einzudringen ist kaum lohnenswert. Zu dürftig die Ausbeute, zu mager die Kost. Hom durchforstet, was machbar bleibt.

Nicht das leiseste Lüftchen eines Anzeichens, dass sich irgendwo etwas regt. Den Lustbarkeiten wie andere vermag er auch nicht viel an Geschmack abzugewinnen. Er vermisst die Aktivitäten. Das Wühlen im Berg. Woraus dieser auch immer besteht. Unverrichtet darf sein Streifzug dennoch nicht bleiben. Handfestes ist gefragt, damit nicht noch mehr versickert.

Sein Stoßgebet wird erhört. Er trifft auf Stanes. Sind auch in diesen Gegenden Feindseligkeiten tabu, Misstrauen bleibt dennoch angebracht. Ein gemeinsamer Drink in aller Öffentlichkeit besagt so gut wie gar nichts. Noch weniger erregen Gespräche solchen Orts weder Aufmerksamkeit noch Staunen. Per Zufall ist alles möglich. Es stellt sich nur die Frage, wer beginnt? Da Stanes wenig Lust hierzu verspürt, bleibt es an Hom hängen.

Er nimmt auch gleich die Zügel in die Hand.

»In der Szene wird gemunkelt, Zaco plagen Sorgen.«

»Wer gibt solches von sich?«

Fest sieht Hom Stanes in die Augen.

»Es sickert so einiges durch.«

Noch zögert Hom, Stanes über den Besuch Zacos bei Wonca einzuweihen. Was geschieht, sollte er sich darüber auslassen? Besteht Stanes darauf, was dann?

»Willst du allem, was gemunkelt wird, Glauben schenken, diese Irrwege, die du abläufst, zehren nicht nur an deinen Kräften, sie höhlen dich regelrecht aus.«

»Dem vermag kaum jemand zu widersprechen. Nur Zaco wird in letzter Zeit zu viel alleine gesichtet. Kannst du dir einen Reim darauf machen?«

Stanes zieht die Augenbrauen hoch. Worauf will Hom

hinaus? Was tun? Das Gespräch beenden, um sich im eigenen Bau Gewissheit zu verschaffen? Wie viel an Wahrheit beinhaltet das, was Hom von sich gibt?

»Auf welcher Straße hast du das aufgelesen?«

»Die Straße kannst du hierfür nicht heranziehen. Große Trecks, bei denen es sich lohnt hineinzuhören, bevölkern kaum noch die Straßen. Wenn, dann sind diese so fest eingebunden, dass du sie wortlos an dir vorüberziehen lassen musst. Es sei denn, du bist heiß auf Gespräche mit den höchsten Gremien. Was sie dir verabreichen, ist kaum dazu angetan, Dankesbezeugungen anzubringen. Zaco sucht neue Verbindungen.«

Nun ist es heraus.

Stanes verschlägt es fast den Atem. Mag es auch den Anschein erwecken, als ob die Mannschaft kaum noch vollzählig antritt, Ausfälle sind immer zu verzeichnen. An ihrer Effektivität jedoch hegt Stanes keine Zweifel.

»Weißt du bei wem?«

»Bei Wonca.«

»Bei euch? Was bekam er zur Antwort?«

»Ein klares Nein.«

Ein Stoßseufzer entringt sich seiner Brust.

»Stanes, ziehe deine Erfahrungen zurate. Überdenke, wie lange ein Nein bei uns Gültigkeit hat.«

Drängt die Zeit? So weit will Stanes derzeit nicht gehen. Zumindest nicht heute.

»Lass es erst einmal sacken, Stanes. Was auffällig und nicht wegzudenken bleibt, ein Wolf muss immer hungrig bleiben, sonst verlernt er, um das Futter zu kämpfen. Positives könnte im Augenblicklichen nur darin zu sehen sein, stellt sich den Trecks auf längere Sicht niemand in den Weg, lässt ihre Wachsamkeit nach. Als vollends überflüssig stufen sie es deswegen noch lange nicht ein. Herabstufen ja. Nur wo? Ihre Fänger vermögen überall zuzuschlagen.«

»Dunkle Wolken zwingen die Sänger stumm zu bleiben.«

»Jetzt bist du mir einen Schritt voraus.«

»Pari, Hom. Pari.«

»Bleiben wir weiter auf dieser Ebene, Stanes."

Segensreich wäre eine solche Einschätzung. Doch kaum durchführbar. Steht erst wieder der nächste Streifzug an, wird alles zur Makulatur. Jeder sorgt dann nur für sich. Was scheren ihn andere.

Lange verblieb Stanes dann nicht mehr auf seinem Hocker. Homs Worte lassen sich nicht so leicht aus seinem Kopf werfen. Vertraut ihm Zaco nicht mehr? Wäre es nicht sinnvoller gewesen, Zaco hätte erst mit ihm gesprochen? Warum muss er dies aus anderem Munde erfahren? Zaco wird ihm darüber Rechenschaft ablegen müssen. Die Unruhe ergreift immer mehr von ihm Besitz. Er kann kaum noch an sich halten.

»Zaco, ich will eine Antwort von dir.«

Angekommen, erstarrt Stanes einen Moment. Es mag viel, wiederum auch nichts zu bedeuten haben. Der Bau des Leitwolfes ist leer. Warten? Wie strapazierfähig ist noch seine Geduld? Sich jetzt damit zu befassen, hierzu besteht kein Bedarf. Bleibt weiterhin jeder Griff in die Tasche erfolglos, wird auch ihm klar, es wird Zeit. Bislang oblag es der Leitfigur, Abhilfe zu schaffen. Rührt sich aber nichts im Bau, sind jedem die Hände gebunden. Zu seiner Beruhigung kann Stanes anführen, Wonca fährt auf gleicher Schiene. Es ist daher kaum anzunehmen, wo es Wonca gelingt, Türen zu öffnen, dass ihm mehr in die Hände fällt als ihnen. Ist doch jeder auf größtmögliche Sicherheit bedacht. Ihr Radius wird immer enger. Dies hat nichts damit zu tun, dass stetig mehr danach streben, ihre Taschen auf diese Weise zu füllen. Die Fahrpläne unterliegen keinen festen Zeiten wie früher. Variabel die Streckenführung. Der Brotkorb schwebt in schier unerreichbaren Höhen. Wer hier nicht über ausreichend Zaungäste verfügt, bleibt unversorgt.

Stanes ist gerade im Begriff, sich abzuwenden, da kreuzt Zaco auf. Gereizt Zacos Stimme, als er Stanes ansichtig wird.

»Was bezweckt du mit deinem Auftritt?«

»Du nimmst mir die Frage aus dem Mund. Ich frage mich, wozu diente dein Auftritt in fremden Revieren?«

»Wer hat dir das gesteckt?«

»Hom.«

Zaco lehnt sich zurück. Stanes holt neu aus.

»Was kannst du präsentieren? Deinem Schweigen nach treten wir auf der Stelle.«

»Womit beschäftigt sich die Mannschaft? Wie lange wollen sie noch vom Erbrachten zehren.«

»Sie ziehen es vor, den Hunger, den sie verspüren, anderswo zu stillen. Jeder hat so seine Bedürfnisse.«

»Bedürfnisse nennst du das, wenn sie Lustbarkeiten frönen und ihrer eigentlichen Aufgabe abtrünnig werden? Wo willst du sie finden, wenn sich das Pendel zu unseren Gunsten neigt?«

»Aussicht darauf?«

»Aussicht hin, Aussicht her. Findet sich alles zu einem mehrstimmigen Chor zusammen, was haben wir dann vorzuweisen?«

Gegen eine solche Begründung hat Stanes nichts vorzuweisen.

»Du siehst, Stanes, in welch gefährliches Fahrwasser wir abdriften. Was spricht dagegen, wenn ich mir meine eigene Lebensversicherung an Land ziehe?«

»Wenn du alles auf dich beziehst, wo bleibt die Existenz der Mannschaft?«

Zaco bekommt einen Lachanfall.

»Mannschaft, Stanes? Welche Mannschaft? Gewahrst du auch nur einen von ihnen? Wir beide sind die Mannschaft. Wir, als einsame Größen. Aus welchem Bett willst du die anderen reißen? Nein, Stanes. Solange sich das Rudel anderweitig betätigt und zu uns sich nicht mehr zugehörig fühlt, gibt es weder eine Beteiligung noch Futter. Buntes Papier muss im Umlauf bleiben, um es sich stets neu aneignen zu können. Was aber niemals sein darf, der Boden durchschimmern. Doch wie sie sich aufführen, bedarf es nicht mehr viel. Abgenagte Knochen ist dann alles, was ihnen noch zur Verfügung steht. Tauche mit ihnen ein in ihre Welt, Stanes. Das Klappern der Schlüssel klingt dir dann wie ein Engelschor in deinen Ohren. Wie lange findest du dann Geschmack an dieser mageren Kost? Gerade du, der Besseres gewohnt ist.«

»Kommt es dir vor, als würde ich Sehnsucht danach verspüren?«

»Du stehst kurz davor.«

»Zaco, nenne mir einen Köder, der sich lohnt auszulegen.«

»Was ist mit Zaunkönig?«

»Rako? Sein Nest ist seit einiger Zeit verwaist. Aus dem Warum lassen sich keine konkreten Schlüsse ziehen. Mutmaßungen darüber anzustellen, würden zu einem endlosen Band werden. Dass ihm die Flügel gestutzt wurden, war nicht zu vernehmen. Eines ist sicher, ein Kleinod wie er geht nicht sang- und klanglos unter. Er findet sich wieder ein.«

Im Hause Woncas sind solche Probleme nicht zu verzeichnen. Obgleich es auch dort einen Stillstand zu vermelden gibt. Alle Ampeln auf ihren Wegen scheinen auf Rot zu stehen. Wie eingefroren. Keine Sonne vermag sie aus ihrer Erstarrung zu lösen. Die Horchposten, die die Landschaft durchstreifen, tragen ein Gefühl in sich, als ob ihre Ohren taub wären. Dennoch ist Vorsicht geboten. Die letzte Charge, die sie einfahren wollten, ist beredtes Beispiel dafür. Ein verlockender Anblick, mehr war ihnen nicht vergönnt. Unermesslich lange hätten sie davon zehren können. Verborgen bleibt weiterhin, wer die Nutznießer waren. Zaco? Hätte er Zugriff gehabt, es hätte ihn bestimmt nicht gedrängt, um Hilfestellung bei Wonca nachzufragen. Bünde ihrer Größenordnung gibt es nicht mehr viele im Land. Geldgierige Unterbezahlte, die endlich einmal hoch hinauswollen, werden auch immer rarer. Bei wem kommt dann eine solche Nachricht zuerst an? Wer dann als Erster den Motor anwirft, ist anderen um Längen voraus.

Auch einem Hom steckt dieses Desaster noch immer in den Knochen. Verständlich bleibt es, wenn andere Abstand gewinnen wollen. Wer nichts anderes kennt, muss bestrebt sein, sich auf dieser Seite zu behaupten. Vermeiden, was parallel zu ihrer Straße mit verläuft. In seine Überlegungen hinein, seine Gedanken wollen sonst wohin, nur nicht in die Gegenwart, gibt es auf offener Straße fast einen Zusammenstoß. Die Alkoholfahne, die ihm entgegenweht, raubt Hom fast den Atem.

Er ruft sich selbst zu:

»Hom, du befindest dich auf offener Straße.«

Dann wird ihm etwas unter das Hemd geschoben. Plötzlich ist Hom hellwach. Er legt seinen Arm um den Betrunkenen. Wie gut er daran getan hat, er wird es noch gewahr werden. Gemächlich führt er den Betrunkenen zu einem Tisch eines Lokales.

»Spült auch ein Kaffee nicht gleich alles hinweg, doch etwas mehr an Stand wird es dir verleihen.«

Hastig schlürft der Betrunkene den Kaffee. Kurz darauf verschwindet dieser im Innern des Lokales. Hom vermeidet es, das ihm Zugesteckte näher in Augenschein zu nehmen. Ein Gast, der diesen an sich doch harmlosen Zusammenstoß miterlebte, nähert sich Hom. Der Höflichkeit Rechnung tragend, fragt dieser um Erlaubnis.

»Ist es gestattet?«

Hom nicht nur.

»Ich habe das Missgeschick, das Ihnen widerfahren ist, miterlebt.«

Er greift sich einen Stuhl.

»Ich wurde auch gewahr, wie er seine Hand nach Ihnen ausstreckte. Wurden Sie zum Opfer?«

Hom erhebt sich und kramt umständlich seine Barschaft zusammen.

Er breitet alles auf dem Tisch aus.

»Wie Sie sehen, ich bin im Besitz meines Eigentums.«

Für Hom war das Interesse nach außen hin gesehen an dem Betrunkenen erloschen. Dafür erwachte es im anderen umso mehr. Dieser begibt sich ebenfalls in das Lokal. Zeit für Hom, dieses Szenario zu verlassen. Hom legt Kleingeld auf den Tisch und geht seiner Wege.

Das Staunen des doch eigentlich hilfsbereiten Gastes konnte bei seiner Rückkehr nicht größer sein. Weder der Betrunkene noch der Angestoßene beehrten die Umwelt mit ihrer Anwesenheit. Wie einstufen? Als Detektiv ist er förmlich gezwungen, andere Schlüsse daraus zu ziehen. Seine Falle schnappte jedenfalls dieses Mal nicht zu. Dabei schien die Gelegenheit so günstig. Alle Vorzeichen waren gegeben. Die Masse der Straße haben beide verschluckt.

Hom brennt es unter den Nägeln zu erfahren, was ihm zugesteckt wurde. Der ganze Vorfall jedoch stimmt ihn bedenklich. Obgleich die eigenen vier Wände nicht undurchdringlich sind, sie gewähren dennoch den besseren Schutz. Die Unterrichtung Woncas zu dieser Begegnung hat Zeit.

In Schweiß gebadet trifft er zu Hause ein. Der Zettel klebt noch immer an seiner Haut. So ging wenigstens dieser nicht verloren. Viel gab er nicht her. Straße und die Hausnummer: Parklane 148. Nun bedarf er doch Woncas Mithilfe.

Die Adresse sich einprägen. Auf keinen Fall mit sich führen. Was sich in die eine Richtung abspielte, kann ebenso gut in die andere möglich sein. Zudem kehren seine Gedanken zu dem seltsamen Gast zurück. War er wahrhaftig so hilfsbereit, oder gab er sich nur so? Wenn ja, warum mischte er sich da nicht schon früher ein? Frei von Berührungsängsten ist wohl keiner ihrer Zunft. Nur urplötzliche Geschehen lassen alle Gedanken aussetzen.

Schweigend setzte sich Hom Wonca gegenüber. Lange sahen sich beide an. Wonca bricht das Schweigen.

»Was hast du anzubieten?«

»Parklane 148.«

»Parklane 148? Bist du dir dessen sicher?«

»Eine Zufallsbekanntschaft. Ich nenne ihn einfachheitshalber mal Zeisig. Dieser klebte mir einen Zettel mit dieser Adresse auf den Bauch.«

Ein Schmunzeln umspielte Woncas Mund. Daraufhin holte Hom erst richtig aus. Er ließ nichts aus.

»Die Parklane, Hom, schreite sie ab, sie ist der kürzeste Weg, wenn dir nach Einsamkeit zumute ist. Du läufst bei ihr wie im Kreis. Sobald du versuchst, ins irdische Leben zurückfinden zu wollen, trostlos. Mir fällt nichts ein, was sich dort etablieren könnte.«

»Wie wäre es dann mit einem Erkundungstrip?«

»Sachte, Hom. Hat dein Zeisig auch einen Namen?«

»Würde ich diesen kenne, wäre mir wohler.«

»Du hingegen bist für ihn ein Begriff. So sieht es zumindest aus. Er glaubte, in dir die richtige Person gefunden zu haben. Wenn nicht, wen wollte er sonst damit beglücken? Zu dem freundlichen Herrn, wie du ihn schilderst, gibt es nicht viel zu sagen. Im Augenblick fällt mir nur Sono ein.«

»Sono, der Schleicher?«

»Genau der. Das ist seine Masche. Er hat keine festen Reviere. Hinzu kommt, Sono hat in allem freie Hand.

Ratespiel. Wen hatte er im Visier? Dich oder den andern? Eure Wege haben sich, wie mir scheint, noch nicht gekreuzt.«

»Bisher bekam ich weder Zeisig noch Sono zu Gesicht.«

»Das ist es, was Sono so gefährlich macht. Sein Betätigungsfeld ist die Straße. Die Taschen, die Ablage. Was schriftlich nicht fixiert werden darf, deponiert er in seinem Kopf. Wir hingegen haben nichts dergleichen zu bieten. Galt seine Beschattung deinem Zeisig und dieser bekam Wind davon, was lag da näher, als Verdächtiges sofort zu entsorgen. Sollte ihn Sono danach doch noch aufreißen, ist er sauber wie ein frisch gebadetes Baby.«

»Was verbirgt sich dahinter?«

»Hinter der Parklane? Schwer zu sagen. Nur wem sich Sono an die Fersen heftet, gleicht einem Pulverfass.«

Hom stöhnt auf.

»Wonca, seine Augen.«

»Die Augen von Zeisig? Was ist damit?«

»Diese waren glasklar und hell. Kein unsteter Blick wie sonst bei Betrunkenen üblich.«

Wonca verschränkt die Arme hinter dem Kopf, lehnt sich zurück und starrt zur Decke.

»Worüber sinnierst du?«

»Zacos Besuch. Sein Rudel hat sich zerstreut. Was bot sich ihm an, was er mit dem Rumpf, der ihm noch verbleibt, nicht zu bewältigen scheint?«

Wie nahe liegt Wonca mit seinen Vermutungen denn tatsächlich? Stanes und Hom. Wer war an diesem ominösen Abend noch zugegen?

»Was sich mir aufdrängt. Zu still die Tage. Ich musste mich ablenken. Ohne jeglichen festen Vorsatz ließ ich mich treiben. Es könnte doch sein, dass … Ich legte es keineswegs darauf an, es ergab sich so.«

»Worauf zielst du ab?«

»Stanes.«

»Stanes, Zacos rechte Hand. Was ist vorgefallen?«

»Es schien mir unbedenklich und belanglos, mit ihm einen Drink zu nehmen. Fügen wir das, mit dem, was geschehen, zusammen, ergibt sich ein anderes Bild. Wer aber fertigte den Rahmen? Welchen Wert messen wir dem bei? Ganz gleich, in wessen Besitz dies gelangen sollte.«

»Silberstreifen am Horizont, Hom, lassen oft vieles heller erscheinen. Nur zur ganz großen Verheißung, die dann auch noch das ganze Land überflutet, reicht es nicht aus. Wo willst du den Fixpunkt ansetzen? Begibst du dich dorthin, was leuchtet dir entgegen? Fratze oder Engelsgesicht? Das eine liegt so nahe wie das andere. Nach wie vor beherrschen mich Zweifel.«

»Beschleunigen wir nicht doch unser Vorgehen?«

Wonca wäre fast vom Stuhl gekippt.

»Wenn es dich reizt, der Hölle ansichtig zu werden, schreite voran. Du führst sie mit dir, sobald du die Parklane betrittst. Obwohl, im Alleingang stehen dir mehr Möglichkeiten offen. Allein kannst du ungehindert ausweichen. Das ist auch der einzige Vorteil, der auf deiner Seite liegt.«

Wie angehen? Hom wirft eine Frage auf.

»Mit Stanes als Rückendeckung?«

»Hat dich Stanes so beeindruckt, dass du ihm blind vertraust? Was liegt dort parat? Wie steht es anschließend mit der Verwertung? Garantiert es einen leichten

Zugriff, wer sagt, dass er dich nicht ans Messer liefert? Spüre deinen Zeisig auf, nimm ihn ins Gebet. Solltest du Befürchtungen hegen, die Zeit könnte knapp werden. Dann musst du es auf dich nehmen und die Wildnis alleine durchstreifen. Einer Wildnis kommt es gleich, wohin du dich begibst.«

»Wie gut kennst du die Parklane?«

»Nicht besser als du. Nur so viel ist sicher: Dort vermagst du dich leichter mit Geistern zu verschwören, als ein Picknick abzuhalten. Präge dir Sono ein. Er riecht förmlich Gewinnbringendes.«

»Wo soll hier sein Gewinn liegen?«

»Sono bevorzugt saubere Pflaster. Jeder dunkle Fleck wirkt sich störend auf ihn aus. Wir passen daher ebenso wenig zu ihm, wie er zu uns.«

Hom zieht sich zurück. Wonca hat nur noch eine Frage.

»Wann?«

»Werden dir meine Reste vor die Füße gelegt, hast du die Gewissheit, ich habe es versucht.«

Als Hom den Weg antritt, hämmert es in seinem Kopf.

»Parklane, wo nimmst du den Anfang, wo dein Ende? Was befindet sich in dir? Erwarte daher keine Samtpfoten von mir. Was immer du auch behütest, entreißen werde ich dir, womit du dich schmückst.«

Wie lange durchstreift Hom schon diese Wildnis? Woncas Worte sind gegen das, was er vorfindet, reine Schmeicheleien. Wenigstens gibt es so etwas wie einen festen Untergrund, um nicht im Sumpf zu versinken. Weit sperrt Hom seine Ohren auf. Plötzliches Wasserplanschen dringt zu ihm herüber. Woher kommt das?

Hom versucht, dem auf den Grund zu gehen. Er wendet sich dem Dickicht zu. Abrupt findet sein Weg ein Ende. Ein Stock, der sich gegen ihn richtet, hindert ihn am Weitergehen. Aus dem Dickicht kann er nicht gewachsen sein. Somit muss dieser von jemandem gehalten werden. Seine Ruhe kehrt zurück.

»Wer immer du auch bist, du kennst mein Gesicht, so zeige auch deines.«

Ein Mann erhebt seine Stimme.

»Säumt noch jemand deinen Weg?«

»Durch dieses undurchdringliche Dickicht? Vom Sumpf, der noch hinzukommt, ganz zu schweigen.«

»Auch Dickicht und Sumpf, wie du es bezeichnest, könnten Schätze beherbergen. Mitunter sogar nachhaltiger als das tiefste Loch im Keller.«

»Fürs Erste bin ich alleine. Änderungen lassen sich immer herbeiführen. Also?«

Der Stockhalter tritt ins Licht. Noch weiter als seine Ohren reißt Hom die Augen auf, als der Betrunkene vor ihm steht.

»Zeisig.«

»Nenne mich, wie du willst.«

Zuvorderst will Hom erst einmal Klarheit über das Vorgefallene erlangen.

»Was veranlasste dich zu deinem letzten Auftritt?«

»Sono.«

»Sono. Zum zweiten Male vernehme ich diesen Namen. Wie gefährlich konnte er dir werden?«

»Ausreichend, um für längere Zeit in einem dieser Gitterkäfige mein Dasein fristen zu müssen. Folgte er dir, als ich dich verließ?«

»Mir nicht. Er nahm deinen Weg. Wo bist du abgeblieben?«

»Irgendwo.«

»Was besagt Parklane 148? Nicht eine einzige Ruine erspähen meine Augen.«

»Folge mir. Bewahre Vorsicht, es sei denn, du bist deines Lebens überdrüssig. Was in der Lagune beheimatet, ist nicht gerade als menschenfreundlich einzustufen.«

Kurz vor der Lagune waren Steine übereinander aufgeschichtet. Zeisig greift hinein. In seiner Hand hält er ein kleines Säckchen. Glitzernde Steinchen lässt Zeisig in seine Hand rollen.

»Das hatte ich bei mir, als Sono mich aufspürte. Interesse? Der Brunnen ist gut gefüllt.«

»Wie kamst du gerade auf mich?«

»Denke zurück an die Bar.«

War er zu unvorsichtig, als er mit Stanes zusammentraf?

»Wie weiter?«

»Verwandele sie in buntes Papier. Fällt das Ergebnis zu meiner Zufriedenheit aus, hast du für die nächsten Jahre ausgesorgt.«

»Ich agiere nicht alleine.«

»Das ist dein Problem.«

Zeisig übergibt Hom das Säckchen.

»Du weißt, wo du mich findest.«

Damit entlässt Zeisig Hom. Einen verstohlenen Blick wirft Hom zur Lagune. Rücken an Rücken tummeln sie sich im Wasser. Wie viele mögen es sein? Nicht nur das Versteck ist gut gewählt, mehr noch das ihn Umgebene. Glaubte Hom bislang einen guten Orientierungssinn zu besitzen, hier tritt er außer Kraft. Was bleibt? Das undurchdringliche Geflecht so zu verlassen, wie er es betrat. Augen und Ohren offen halten, um etwaige Jäger frühzeitig aufzuspüren.

Dennoch beschäftigen Hom Fragen auf seinem Heimweg. Wie lange unterhält Zeisig schon dieses Geschäft? War Stanes damit gemeint, und somit auch Zaco? Waren Zacos Wölfe bislang die alleinigen Nutznießer? War das der Grund, warum Zaco Wonca aufsuchte? Achtung nötigt es Hom schon ab. Spricht sich doch sonst alles rasch in ihren Kreisen herum, nur davon wurde bis heute nichts ruchbar. Wie wird es Wonca aufnehmen? Unwohl ist Hom nur darüber, dass ein weiterer Späher an seinem Körper klebt. Wenngleich dieser im weitesten Sinne einen zusätzlichen Schutz für ihn beinhaltet. Wird Sono seiner Aktivitäten gewahr, so wird auch er, Hom, zum Gejagten. Das kann wohl niemandem gut bekommen.

Zeisig weiß um die Grenzen. Verwünschungen könnten Hom aufgrund der Wege, die er durchschreiten muss, schon heimsuchen. Wie anders aber sollte er ein derartiges Geschäft dann auch noch auf längere Sicht gesehen abwickeln? Noch einen Punkt gibt es, in dem Zeisig Hom einen Schritt voraus ist. Das frühzeitige Erkennen etwaiger Verfolger. Ein derartiges Gefühl ist Gold wert. Würde Hom eine Abschätzung des Kapitales, das er mit sich führt, vornehmen, er käme zu keinem Resultat.

Des Öfteren hält er auf dem Weg zu Wonca den Schritt ein, um in den Spiegelbildern Verfolger auszumachen. Da dies nicht der Fall zu sein scheint, wagt er den Gang ins Haus.

Wonca sitzt brütend in seinem Sessel. Gereizt zu sein scheint er. Doch worüber? Über das Erscheinen Homs oder doch mehr über die Untätigkeit, zu der alle verdammt sind? Unbeweglich starrt er Hom an.

»Welchen Grund gibt es für dein Erscheinen?«

Hom wirft Wonca das Säckchen auf den Tisch, mit der Bemerkung: »Parklane 148.«

Wonca reißt es förmlich aus seiner Lethargie. Es verschlägt ihm die Sprache über das, was er auf seinem Schreibtisch ausbreiten darf.

»Wer oder was ist damit verbunden?«

»Zeisig.«

»War das Treffen rein zufällig, oder doch arrangiert?«

»Mehr zufällig. Zeisig beobachtete Stanes und mich an der Bar. Beim Zusammenstoß hatte Zeisig Adresse und Shore bei sich. Zugleich aber auch Sono an den Fersen. Als Zeisig meiner ansichtig wurde, parkte er den Zettel auf meiner Haut. Zeisig nahm an, dass sich von da ab Sono meiner annahm. Er konnte so in Ruhe seiner Wege gehen. Doch gesucht hat Zeisig Stanes. Zu seiner Behausung gibt es nicht viel zu sagen. Was sich bei der Lagune befindet, ist nur der Bunker. Wo sich sein eigentliches Nest befindet, ich weiß es nicht. Die Adresse ist fiktiv. Es findet sich noch nicht einmal ein Stein, dem man diese Nummer zuschreiben könnte. Perfekter kann nichts mehr ausgelegt sein. Zeisig vertraut mir, und das kann er auch.«

Ein Lachanfall Woncas folgt den Worten Homs.

»Lach du nur. Noch weißt du nicht alles.«

»Was folgt noch?«

»Was sich neben dem Bunker befindet. Zuvorderst sei

gesagt, diese Quelle würde sprudeln, solange man uns gewähren lässt. Jetzt zudem, worauf Zeisig seine Sicherheit baut. Zeisig tritt dir entgegen, wo du ihn am wenigsten erwartest. Bevor du ihn zu Gesicht bekommst, stoppt er deinen Weg. Was sich in der Lagune befindet, ist noch weniger schmeichelhaft. Eine bessere Gelegenheit, jemanden auszulöschen, findest du nicht mehr. Ich möchte keiner dieser Bestien zum Opfer fallen.«

Ein eiskalter Schauer rinnt Wonca den Rücken hinunter.

»Jetzt hast du einen kleinen Einblick in das, was die Parklane noch verbirgt.«

Wonca nickt.

»Ein Blick von oben dürfte auch einen Draufgänger wie Sono kaum veranlassen, auch nur einen Schritt auf diesen Boden zu setzen.«

»Das bedarf es auch nicht. Die Gewohnheiten Zeisigs auskundschaften, wo immer er diese Wildnis verlässt. Soweit ich mitbekam, hat auch Zeisig nur einen schmalen zugewachsenen Weg, um diese zu erreichen. Auch ich kann nur auf diesem Weg zu ihm gelangen. Sich darin zurechtzufinden, gelingt einzig und alleine nur Zeisig. Er hält alle Fäden in der Hand. Wir hier sind nur seine Marionetten.«

»Dann ist es doch anders, als ich vermutete.«

»Woran dachtest du?«

»Dass dein Zeisig den Zaunkönig verkörpert.«

»Den Zaunkönig?«

»Der Zaunkönig ist das Oberhaupt der Zwitschergemeinschaft.«

»Wer kennt den Zaunkönig außer dir noch?«

»Ich gehe davon aus, Zaco ebenfalls. Eingeschlossen die ganze Vogelbrut.«

»Das dürfte nun alles hinfällig sein.«

Wonca wiegt den Kopf.

»Der Schatten Sonos dürfte deinen Weg verdunkeln. Wie gedenkst du, die anderen einzugliedern?«

»Zunächst noch keinen.«

»Wie willst du sie sättigen? Versorgt müssen sie werden, sonst gibt es kein Stillhalten.«

»Beschäftigungslos bleibt schon keiner. Nur mit welchen Aufgaben ich sie betrauen kann, muss sich erst noch finden. Alles steht und fällt mit Zeisig. Uns verbleiben nur Zubringerdienste. Stellen wir uns darauf ein. Vorerst keine Silbe über das, was ansteht, verlauten lassen. Kreuzungen der Wege tunlichst vermeiden.«

»Fasi dürfte davon kaum begeistert sein.«

»Fasi. Ihm wird schon noch gegeben, seine Fähigkeiten einzubringen. Wenn nicht hier, dann bei der Lagune. Das enthebt uns der Sorge, wohin mit dem, was Fasi zurücklässt. Ich frage mich nur, wer hegt Interesse an dem, was Zeisig anbietet. Das Woher hat keinen zu kümmern. Nur der Erlös muss alle zufriedenstellen. Die kleinste Ungereimtheit bewirkt einen Einsturz. Einen Einsturz, der alles mit sich nimmt, und so Sono zur Lichtgestalt werden lässt.«

»Es finden sich nicht viele, die sich zur Verschwiegenheit verpflichtet fühlen. Wer hört auch schon gerne einen Schließer hinter sich hertraben. Ein Leben in aussichtsreicher Umgebung, wer weiß das nicht zu schätzen. Ich werde weite Wege zurücklegen müssen. Vielleicht beinhaltet gerade das den größten Vorteil. Den Vorteil, dass auch ein Sono umdenken muss. Erarbeiten wir uns hier einen Vorsprung.«

»Zeisig wird es verstehen. Also wann?«

»Ich lasse es dich wissen.«

Weitere Zugeständnisse sind nicht zu erwarten. Das, was bislang zu ihren Aktivitäten zählte, wird hinten angestellt. Was Hom daher so gelegentlich anbietet, sind mehr Anschauungsobjekte, als dass Greifbares dahintersteckt. Es dient mehr zur Beschäftigungstherapie, um nicht von Ungeduld eingerahmt zu werden.

Dann vermerkte Wonca den ersten Erfolg. Wie bewertet Zeisig das Erbrachte? Es gab keine festen Absprachen. Warnungen hingegen sprach Hom Wonca gegenüber zur Genüge aus. Wollen beide das Jetzige zu ihrem Lebensinhalt werden lassen, bleibt nur eines, sich den Vorgaben, wenn es denn solche von Zeisig gibt, zu beugen. Obgleich Wonca einen Trumpf in der Hand hält. Den Trumpf der Vermarktung. Ohne den kein zufriedenstellendes Dasein. Obschon Zufriedenheit rasch zur Selbstverständlichkeit zu werden droht und damit verbunden der Achtsamkeit weniger Zuwendung zukommt. Zu verhindern mögen dies nur Gedanken daran, was auf sie wartet, wird ihr Weg zur Einbahnstraße. Es muss immer ein Zurück geben. Wie schmal sich diese Gasse letztendlich auch immer darbietet, sie darf niemals völlig zugeschüttet werden. Sie haben nur diese eine Zukunft. Eine weitere steht ihnen nicht zur Verfügung. Wollten sie jemals etwas anderes? Gaben sie sich denn nicht im festen Glauben der Überzeugung hin, dass sich nur auf diesem Wege das für sie nötige Kapital so rasch als möglich erwirtschaften lässt? Umwege eingeschlossen. Nur keinen Aufenthalt in Stallungen, deren Anzahl der darin Verweilenden kaum überschaubar und noch weniger der Erholung dienlich bleibt. Abschütteln diejenigen, die versuchen und danach streben, ihnen das eingedeihen zu lassen. Der eigenen Zukunft das geben, was ihr gebührt.

Die Karten werden neu gemischt. Zaco bleibt demnach außen vor. Im Hinterkopf behält Hom dennoch, wie Wonca Zacos Besuch einstuft. Aus heiterem Himmel fand dieser nicht statt. Wenn, was wusste Zaco darüber? Von Zeisig, davon ist auszugehen, nicht. Dieses Geschäft kann nur störungsfrei mit einem geringen Aufwand an Personal getätigt werden. Wissen zu viele darüber, steht zu befürchten, dass bald die ganze Meute auf der Matte steht. Auch Wonca betrachtet dies von der gleichen Seite.

Ist Hom auf seinem Weg zu Zeisig wohler als beim vorangegangenen Rückweg? Mit Scheinen in der Tasche, dann auch noch in dieser Größenordnung ist er ebenso verdächtig als mit Shore, die es gilt zu verhökern.

Bei Zaco rührt sich noch immer nichts. Seit dem Treffen in der Bar trafen auch Stanes und Hom nicht mehr aufeinander. Was bezweckte Zaco? Das ganze Rudel auszutauschen? Dazu müsste er einen Neuaufbau wagen, und ein solcher ist ohne Gespräche, mit wem auch immer, nicht möglich. Von Seiten Stanes gab es hierzu auch keinerlei Andeutungen. Was liegt also in der Luft und lässt sich doch nicht erkennen? Bei Zeisig vorsichtig vorfühlen? Dies wäre eine Möglichkeit. Nur wenn Zaco

Zeisig ein ebenso großer Begriff ist wie Hom, was dann? Von daher gesehen ist vieles möglich. Doch auch Zeisig weiß um das Risiko. Jeder trägt es unter seinen Sohlen mit sich. Es lässt sich nicht abstreifen wie Schmutz von der Straße.

»Hom, leiste dir keine Ausschweifungen. Sono versteht sein Handwerk. Gilt auch sein Augenmerk vorwiegend Zeisig, entdeckt er dich in seinem Fahrwasser, stehst du mit auf seiner Liste. Könnte man doch nur einmal in seinen Taschen kramen.«

Als ob er das zulassen würde. Stellt Zeisig für Sono auch den Fixpunkt dar, den es gilt nie aus den Augen zu verlieren, auch das Danebenliegende ist mit einzubeziehen. Wessen Augen durchdringen besser das Dickicht? Im Augenblick sind es die Augen von Zeisig.

Dann stehen sie sich gegenüber.

»Zeisig, beklage dich nicht über die Zeit, die seither verging. Die Vorsicht, die jeder anzuwenden gezwungen, wächst sich schon langsam zu einer Krankheit aus. Diese grassiert wie eine Epidemie. Vermutet doch schon jeder hinter der Ecke, die er nimmt, einen Sono.«

Zeisig überfliegt das Mitgebrachte.

»Zufrieden? Mehr war nicht herauszuholen.«
    »Der Menge angemessen.«
    »Wie sieht deine weitere Planung aus?«
    »Abwechslungsreich. Vorwiegend sporadisch. Keine

festen Routen oder gar Zeiten, keinen Anlass bieten, was anderen die Arbeit erleichtert.«

Der Tausch war getätigt, da wirft Zeisig ein Stück Fleisch in die Lagune. Die Köpfe, die sich dem entgegenstrecken, lassen jedem das Blut in den Adern gefrieren.

Hom versteht. Er dreht sich nur kurz um.

»Du hörst von mir.«

Damit war die Runde beendet. Raschen Schrittes entfernt sich Hom. Zeisig wirft ihm noch hinterher: »Vermeide Auffälligkeiten.«

Daran bedarf es keiner Erinnerung. Was Zeisig präsentierte, will erst einmal verdaut sein. Es wird Hom noch lange auf seinem Weg beschäftigen. Knallhart führte Zeisig Hom seine Gefährlichkeit vor Augen. Wie wird es Wonca einstufen?

Unbehelligt, so zumindest mutet es Hom an, trifft er bei Wonca ein. Wortlos wirft er das Säckchen auf den Tisch. Durchatmen.

Das Glitzern und Funkeln fasziniert Wonca richtig.

»Gute Arbeit.«

Wonca betrachtet Hom nun doch etwas genauer.

Hom schien noch immer nicht richtig da zu sein.

»Was sagtest du?«

»Gute Arbeit. Was gab es, was dich so mitgenommen hat?«

Hom unterrichtet Wonca über das, was Zeisig demonstrierte. Auch ein Wonca betrachtet nun Zeisig in einem anderen Licht.

»Das unterstreicht seine Gefährlichkeit.«

»Welchen Einfallsreichtum Zeisig noch in sich birgt, er wird es mir vor die Füße werfen.«

»Hom. Auch wenn seine Quelle noch so viel hergibt. Das Segensreiche liegt in unseren Händen. Allein wir können ihm im Augenblick den Zugang ermöglichen. Was ihm in die Hand gedrückt wurde, so scheint es, war ausreichend. Wer sein Limit kennt, weiß warum. Lass dich beim nächsten Mal von Fasi begleiten.«

»Bist du dir sicher, dass ich Fasi, wenn er dessen ansichtig wird, im Zaum halten kann? Fasi will seine Hände gebrauchen.«

»Dem ist nicht zu widersprechen. Doch auch Fasi erkennt, wann und wo.«

»Es liegt in deiner Verantwortung.«

»Wälze es ruhig auf mich ab.«

»Einen Besuch statte ich Zeisig noch alleine ab. Ich will etwas herausfinden.«

»Das wäre?«

»Die Parklane alleine kann nicht der einzige Zugang zu Zeisigs Reich sein. Der Weg als solcher sieht mir zu wenig benutzt aus. Es finden sich kaum blanke Stellen. Das ist in meinen Augen mehr als nur ungewöhnlich.«

»Du gehst davon aus, dass Zeisig die meiste Zeit dort verbringt?«

»Du nicht?«

»Es kann sein, muss es aber nicht. Das sollte dennoch nicht unser Problem sein.«

»Wie sehen die anderen den verordneten Stillstand?«

»Sie nehmen es in mittelmäßiger Gelassenheit hin. Noch vermeiden sie ein Hinterfragen. Über kurz oder lang werden sie doch zu Plaudertaschen. Darauf müssen wir uns vorbereiten. Wie verhält sich Sono?«

»Auffallend geheimnisvoll. Auf dem Rückweg war nicht der kleinste Schatten von ihm auszumachen.«

»Sono strickt seine eigenen Maschen. Die spürst du erst, wenn sie dir angepasst werden. Versuche sie dann zu entwirren, es wird dir nicht gelingen. Daher erst gar nicht in ihre Nähe gelangen.«

»Gib mir Zeit mit Fasi. Wittert er erst eine Chance, ist er kaum zu halten.«

Wonca nickt.

»Aber nicht allzu lange, sonst sucht er sich anderweitig seine Opfer.«

»Wenn er seinen Kaffee aus dem Blechnapf zu sich nehmen will, ich störe mich nicht daran. Fasi sollte wissen, ein überstrapaziertes Pferd wirft seinen Reiter ab und verweigert jegliche Zusammenarbeit. Er könnte die Zufriedenheit in Person sein, dass ihm die Sorge um Selbstversorgung abgenommen wird. Es sollte ihm mehr an den offenen Straßen gelegen sein, als ständig im Kreis zu laufen. Nicht schon frühzeitig versuchen, freiwillig sein Bewegungsfeld zu verkleinern. Wenn es so weit ist, schicke nach mir.«

Ein erhabenes Gefühl sollte sich doch Hom bemächtigen, als er Wonca verlässt. Leer die Taschen. Kein abgestecktes Ziel vor Augen, das großer Umsicht bedarf. Hat sich das andere schon so in ihm festgefressen, dass er nicht mehr anders kann? Fast scheint es so. Wer vermag auch schon von einem Augenblick auf den anderen umdenken. Es lässt sich nicht so ohne Weiteres austauschen. Dennoch, etwas gradliniger könnte er schon einherschreiten. Schon allein um Sono seine Stärke zu demonstrieren. Am liebsten dann auch noch laut rufen, sieh her, ich bin rein. Nur eine solche Gangart ist Sono schon allzu bekannt, als dass er dem noch Beachtung beimisst. Das Momentane zählt für ihn nur unterschwellig. Das, was in Aussicht steht, gilt es zu ergründen. Von Ablenkungsmanövern hat sich ein Sono noch nie täuschen lassen. Sono betrachtet solche Gebärden als Ruhe vor dem Sturm. Dagegen muss er gewappnet bleiben. Auch ein Hom fällt unter diese Kategorie.

Zaco versucht erneut, Wonca in Augenschein zu nehmen. Woncas Behausung ist verwaist. Gezwungenermaßen muss er sein Rudel wieder zusammenbringen. Stanes wird es richten, er ruft ihn zu sich.

»Stanes. Das Rudel hat sich in alle Welt zerstreut. Es gibt keine einheitliche Richtung mehr.«

»Zaco, was erwartest du? Wenn der Trog leer bleibt, suchen sie sich ihr Futter anderweitig.«

»Ist es aussichtsreicher, wenn jeder seinen eigenen Weg geht?«

»Hier und da fällt immer ein Bissen ab.«

Zaco kann das Lachen nicht mehr unterdrücken.

»Und das soll ihnen genügen, Stanes? Gerade ihnen, die bei jedem gelungenen Coup feilschten, als würden sie am Hungertuch nagen? Nein, Stanes. Befinden sie sich auf Abwegen, kommt ihr Name auf die Abschlussliste.«

»Du willst sie freigeben?«

»Habe ich das damit angedeutet?«

»Ich verstehe es jedenfalls so.«

»Dann begreifst du nicht, wohin sie sich begeben. Nicht ich bin derjenige, der danach strebt, dass sie an der Leine geführt werden. Andere sind es, die ihre offenen Aktendeckel endlich schließen möchten. Einigen brennt es förmlich unter den Nägeln. Wer gibt auch schon gerne ungelöste Rätsel in fremde Hände. Die jeder dann nur noch zu vervollständigen braucht. Ist dir nicht auch daran gelegen, dass jedes Blatt mit deinem Namen weiß bleibt? Gelingt dir das, wenn du dich alleine auf die Pirsch begibst? Wer sichert deinen Rückweg? Doch nur eine eingeschworene Gemeinschaft. Das ist es, was ich von jedem erwarte, und du bist der Garant.«

Wie dem gerecht werden?

»Erwarte keine Wunderdinge von mir. Die Futterkrippen sind nicht nur dünn gesät, sie scheinen schlichtweg nicht mehr vorhanden zu sein. Wo willst du noch suchen?«

»Was mir auffällt, Stanes. Woncas Domizil ist seit längerer Zeit kaum noch benutzt.«

»Hierfür kann es verschiedene Gründe geben. Hätte ihn jemand als Opfer präsentiert, die Gazetten wären von einem Mann wie Wonca übervoll gewesen. Ich gehe nicht davon aus, dass er fremder Hilfe bedarf. Ich werde alle Wege abschreiten, versuchen die Abtrünnigen an die Einheit zu erinnern. Im gleichen Atemzug Gefolgsleute aus Woncas Mannschaft habhaft zu werden, um zu erfahren, was es mit Wonca auf sich hat. Setze dennoch keine allzu großen Hoffnungen auf ein Gelingen.«

Trägt es auch nicht gerade zur Beruhigung Zacos bei, doch mehr ist in der augenblicklichen Situation nicht zu erwarten. Diese Untätigkeit nagt an jedem. Das ist auch einem Zaco bewusst. Wie dem entgegenwirken? Die kleinste Spur, sobald sich etwas zeigt, verfolgen. Dann aber nicht mehr aus den Augen lassen.

Auf Stanes Schultern lastet die größere Verantwortung. Nur in Resignation zu verfallen, macht es nicht einfacher. Woncas Stall gilt sein erster Weg.

Der Dunkelheit, der er ansichtig wird, lässt ihn dann doch nachdenklich werden. Verdächtiges ist ebenso wenig auszumachen, wie die Anwesenheit von Personen. Dennoch, Stanes bleibt dabei. Ein Wonca verschwindet nicht wortlos. Irgendwann taucht auch er wieder auf.

Seine Gedanken sind bei Hom.

»Hom. Wo treibt sich diese Kanaille herum? Zählen beide in den nächsten Tagen zu den Unsichtbaren, besteht Anlass, der Sache auf den Grund zu gehen.«

Beinahe wäre es dann doch zu einem Aufeinandertreffen gekommen.

Wonca schickt Maci zu Hom.

»Hom. Wonca ruft nach dir.«

Sie sind ein eingespieltes Team, daher bedarf es keiner Absprachen. Jeder wendet sich dem zu, was ihn am wenigsten verdächtig macht.

Auf dem Weg zu Wonca fällt Hom Stanes auf. Aus den Augenwinkeln heraus beobachtet Hom das Verhalten von Stanes. Entweder gilt der Besuch Stanes ihm, oder gar Wonca. Hom lässt es daher ratsamer erscheinen, den Hintereingang zu nehmen. Das Gewinkel ist kaum überschaubar. Kaum bei Wonca angekommen, zischt er Wonca zu:

»Halte alles erst einmal verborgen. Stanes ist uns auf der Spur.«

»Stanes, Zacos Besorger. Demnach hat Zaco noch nicht aufgegeben.«

Sie treten beide zum Fenster.

»Wie es scheint, nein. Wovon wir uns zurzeit ernähren, reicht nicht für zwei Mannschaften.«

»Ich trage mich auch nicht mit der Absicht, Zaco ins Boot zu holen. Sein Rudel ist stark genug, auch Aufwendiges zu leisten. Wenn nicht anders, bleibt ihm ja auch noch, den Standort zu wechseln. Einer Aufstockung würde auch ein Zeisig nicht zustimmen. So, wie es bislang aussieht, bleibt die Waagerechte erhalten.«

»Ich werde keine Störung zulassen.«

Hom verlässt auf die gleiche Weise das Haus, wie er es betrat. Wonca begibt sich an das Fenster, um zum einen Stanes weiter im Visier zu haben, darüber hinaus, ob nicht doch Hom das Gespräch mit Stanes sucht. Stanes rührt sich nicht vom Fleck. Hom müsste sich seiner Zeitrechnung nach schon weitab befinden. Grübelnd begibt sich Wonca zum Schreibtisch.

»Nicht sentimental werden, Wonca. Erinnere dich der Zeiten, wo Kämpfe ausgetragen wurden. Zugegeben, es hat sich vieles verändert. Vornehmlich die Haltung der Auserkorenen. Dies aber darf keineswegs dazu dienen, eine neue Basis ins Leben zu rufen. Dies, Zaco, wird meine Antwort bleiben.«

Ungerührt verlässt Wonca sein Domizil. Gleichsam so selbstverständlich, wenngleich auch nur nach außen hin erscheinend, schlägt Hom den Weg zur Parklane ein.

Was Hom nicht aus dem Sinn gehen will, dieser eine Weg kann unmöglich als alleiniger Zugang Gültigkeit haben. Jeder Dschungel lässt sich überwinden, warum dann nicht auch dieser. Hom versucht den Weg abzuschneiden, um quer zur Lagune zu gelangen. Kaum, dass er den Weg ein paar Schritte verlässt, schwappt es verdächtig unter seinen Füßen.

»Sumpf, Moor? Woraus besteht der Untergrund? Auch ein noch so großes Feuchtigkeitsgebiet weist feste Spuren auf. Doch wo? Zeisig, sind dir Flügel gewachsen, dass du trockenen Fußes deines Weges ziehen kannst?«

Was tun? Umkehren, erneut einen Anlauf nehmen?

Umrunden? Hierzu müsste sich Hom zu lange offen zeigen. Sich regelrecht zur Schau stellen, kundtun, was in seiner Absicht liegt. Diesen Gefallen wird er weder Zaco, Stanes und wie sie sonst noch alle heißen, geschweige denn einem Sono erweisen. Also doch wieder auf Altbekanntes zurückgreifen.

Des Öfteren beschleicht Hom schon die Frage, wer ist Zeisig? Wen verkörpert er? Gibt es eine Verbindung zwischen ihm und Zaco? Wenn ja, warum wurde er auserkoren? Lag es wirklich nur daran, dass Zeisig den heißen Atem von Sono im Nacken spürte, und er so zum rettenden Anker wurde für Zeisig? Den Anschein hat es. Allein schon deshalb, während ihres Aufenthaltes im Straßenlokal war keiner aus Zacos Rudel zu sichten. Wie immer es sich auch darstellt, den Hecht hatte Sono an der Angel. Nun ist er in den Fängen eines Wonca. Wer mit davon zehren will, bedarf einer langen Geduld.

Vorsichtig hält Hom nach irgendwelchen Hindernissen Ausschau. Noch einmal will er so von Zeisig nicht überrascht werden. Obgleich sein Einfallsreichtum schier keine Grenzen kennt.

»Zeisig, wo bleibt das Zeichen deiner Anwesenheit?«
Ein leises Lachen neben ihm gibt ihm die Antwort. Wieder einmal mehr nötigt es Hom Respekt ab. Wie verwachsen ist Zeisig mit der Parklane? Wenn schon ein Sono Zeisig nicht aufspürt, ist seine Tarnung perfekter als perfekt.

Dann tritt Zeisig aus dem Dickicht. Hom kann nicht mehr an sich halten.
»Wie lange treibst du dieses Versteckspiel schon mit mir?«
»Frage niemals nach dem Warum.«

Hom wird klar, Fragen zu seinem Umfeld oder gar zu seiner Person übergeht Zeisig. Ist es denn nicht auch ein ungeschriebenes Gesetz seiner Zunft, Gewohnheiten anderer zu ergründen, um sie so ihren Fähigkeiten entsprechend einsetzen zu können? Nur Zeisig ist ein Einzelgänger. Er versteht es, andere für seine Zwecke zu gebrauchen. Ein Darüberhinaus findet bei ihm nicht statt. Wer versucht, dem zu widersprechen, landet überall, nur nicht dort, wo er hofft, sein Brot zu verdienen. Beim nächsten anstehenden Gang, das ist Hom klar, wird ihn Fasi sozusagen als seine Abschreckung begleiten.

Der Deal war rasch getätigt. Zeisig unterlässt es, nachzuzählen. An einem solchen Vergnügen, wie es Zeisig schon einmal demonstrierte, hegt wohl keiner ein Interesse. Noch dazu, wo sich sein Dasein gerade unter den augenblicklichen Umständen sicherer denn je ausnimmt. Dieses Mal verzichtet Zeisig auf eine zusätzliche Fütterung. Etwas gibt Zeisig Hom dann doch noch mit auf den Weg.

»Hombre. Versuche dich nicht als Pfadfinder zu betätigen. Das Moor inmitten der Parklane ist habgierig. Es behält, was sich ihm zugetan glaubt.«

Ein schiefes Lächeln, mehr bringt Hom nicht zustande. Noch hält Zeisig alle Trümpfe in der Hand.

»Geduld, Hom. Auch ein Zeisig, obgleich er anderes von sich gibt, ist auch nicht unfehlbar.«

Andererseits, so die Überlegung Homs, solange ihn Zeisig unbemerkt im Dickicht begleitet, könnte dies durchaus einen Schutz mehr für ihn darstellen. Um ihn so von den Fängen Sonos und seines Gefolges zu bewahren.

»Zeisig, wenn du Gefallen daran findest, mir kann es nur recht sein.«

Wie traumverloren findet sich Hom im steinernen Meer der Häuser wieder. Spiegelbilder stehen ihm kaum zur Verfügung. Er muss, um nicht aufzufallen, seine Lauscher weit aufsperren, um den Klang irgendwelcher

Schritte hinter sich zu vernehmen. Beschert er so Sono einige Fehlversuche, so wird er auch zu der Einsicht gelangen, seine Taktik umstellen zu müssen. Dennoch, so rasch wie sich das jeder wünscht, steckt ein Sono nicht auf. Des Weiteren wird auch Stanes Hom hart an den Fersen bleiben. Wer gesellt sich noch hinzu? Unergründlich wird es bleiben.

Zum Vorteil gereicht allen, sein Weg ist noch nicht auffällig geworden, so hat noch niemand zur Jagd auf ihn geblasen. Kommt es dazu, wird auch das Moor Zeisig keinen ausreichenden Schutz mehr bieten. Hier muss Hom Zeisig recht geben. Einen besseren Schutz als diese Alleingänge kann es nicht geben. Wiederum stellt sich die Frage, was nützt das sicherste Haus, wenn ein Sturm das Dach mit sich reißt und alles offen legt? Alle Spuren verwischen. Bleibt auch nur ein Schatten davon zurück, so reicht dieser aus, um darin zu lesen. Wie sicher ist dann die Lagune? Sind diese Biester wahrhaftig so gefräßig, wie es den Anschein hat? Fremden gegenüber möge dies so sein. Aber wie verhält es sich mit Zeisig? Dass ihm diese Biester stets freundschaftlich gesonnen sein mögen, daran vermag auch ein Hom nicht zu glauben. Hat jedoch Zeisig diese Ungetümer selbst gezogen, stellt sich alles anders dar. Furcht jedenfalls scheint er vor ihnen nicht zu verspüren. Das Ufer ist flach, sie könnten sich ohne Weiteres seiner annehmen. Wie es aber aussieht, scheint sie seine Anwesenheit kaum zu interessieren.

»Hom, verdränge weit Hergeholtes. Schenke deine Aufmerksamkeit mehr dem Umfeld. Vergesse nicht, du führst Sternschnuppen mit dir. Sternschnuppen, die einige deiner Wünsche zur Wahrheit werden lassen.«

Obgleich sich nichts Furchterregendes abzeichnet, benutzt Hom den Hintereingang.

Im Domizil ist es Hom, der zuerst ans Fenster tritt. Wonca stellt sich fragend hinter ihm.

»Verfolger in Sicht?«

»Keine offensichtlich wahrnehmbaren. Hinzufügen muss ich, meine Gedanken driften mitunter weit ab.«

»Welche Ursache steckt dahinter?«

»Zeisig.«

»Beschäftigt dich sein Verhalten so sehr, dass gar zu befürchten steht, er sucht dich noch im Traum heim?«

»Wenn das geschieht, dann steht nur noch ein Wrack vor dir.«

»Spiele deine eigene Melodie, Hom. Vermeide Ablenkungen. Nur so behältst du die Übersicht. Es macht sich nicht gut, wenn du dich immer nur mit anderen beschäftigst und dich selbst hinten anstellst. Du vernachlässigst nicht nur deine Aufmerksamkeit für die Umwelt, du verlierst das Gefühl für jegliche Gefahr.«

»Ausnahmslos vermag ich dem so nicht zuzustimmen. Jedes Treffen mit ihm nimmt einen anderen Verlauf. Stellst du dich auf das Vorangegangene ein, wirst du erneut von ihm vorgeführt. Es kommt mir vor, als wäre er vom Glück nur so überschüttet. Ich hinke ihm stetig hinterher.«

»Hast du dich schon einmal gefragt, warum? Könnte

es nicht sein, dass Zeisig auf diese Weise versucht, nicht alles zur Gewohnheit werden zu lassen? Stufst du deine Besuche bei ihm als alltäglich herunter, ist der Absturz vorprogrammiert. Zeisig will dir hier vor Augen führen, niemals in der Wachsamkeit nachzulassen. Was hilft hier nachhaltiger als der Überraschungseffekt. Vielleicht liegt darin das Geheimnis seines unangreifbaren Schutzes.«

»Unangreifbar, Wonca, auch das kann ich so nicht sehen. Angreifbar bleibt Zeisig. Nur von welcher Seite, und von wem? Wie dienlich ist ihm die Lagune, wenn doch Ungemach aufzieht?«

»Wie verhält es sich mit den hungrigen Reptilien?«

»Auch das ist eine offene Frage. Zudem warnte mich Zeisig, vom vorgegebenen Weg abzukommen.«

»Hom. Hierin muss ich Zeisig recht geben. Unbekanntes Terrain sollte dich nicht dazu verleiten, Sicherheit darin zu suchen.«

»Auch hier bemächtigen sich Zweifel meiner, ob nicht doch das Moor außerhalb der Lagune ein weiterer Schutz sein könnte. Zur nächsten Übergabe stelle ich mir Fasi zur Seite. Ich will seine Reaktion sehen. Zeigen, dass auch ich über einiges, das sich durchaus unangenehm für ihn auswirken könnte, verfüge.«

»Spanne den Bogen nicht zu weit.«

»Ich führe keine Pfeile mit mir. Das Glitzern gewisser Mineralien soll uns noch lange erhalten bleiben.«

»So, wie es sich darstellt, strebt auch ein Zeisig nichts anders an.«

»Wonca, es gibt auch einen Zaco. Ungeachtet dessen, dass sich sein Rudel zerstreut hat. Kommt es darauf an, steht jeder parat. Ihre Rücklagen dürften längst aufgebraucht sein. Der Hunger müsste schon an ihren Eingeweiden nagen.«

»Bist du dir dessen sicher?«

»Ich setze das einfach mal voraus.«

Weiterhin vermeidet Hom zum Verlassen das Vorderhaus.

»Warum nicht ein bisschen Katz und Maus spielen. Sono, du liebst es doch geradezu. Wenn nicht anders, Sono, dann verwandele dich in eine Litfaßsäule. Vielleicht bewirkst du damit mehr. Stanes, auch du scheinst die falsche Richtung eingeschlagen zu haben.«

Solange sich jeder in die Irre leiten lässt, bleibt ihr Ablauf ungestört.

Kurz nur war dieses Mal die Phase des Ungestörtseins von Hom. Es blieb ihm keine Zeit, hinter die Kulissen von Zeisig zu dringen. Maci, sein steter Begleiter, ist bei ihm auf dem Weg zu Wonca. Was sollte es auch schon Besonderes sein, wenn zwei unausgefüllte Männer über die Straße schlendern. Verdächtiges, was ihnen zum Verhängnis werden könnte, führt keiner mit sich. Gedanken dringen nicht nach draußen. Zwischendurch dann auch noch einen Halt einlegen, so verliert jeder das Interesse an ihnen. Gerade darauf baut Hom. Maci kann es nur genehm sein. Üben diese Unterbrechungen Homs auch keinen besonderen Reiz auf ihn aus, doch worauf er als Allererstes zu verzichten vermag, wenn sie sich auf unwohlem Terrain befinden, sich ihre schiefen Gesichter und Grimassen, die sie aufsetzen, wenn sie ihrer habhaft werden. Dazu noch das breite Grinsen, wenn sie verkünden, was ihnen in der nächsten Zeit bevorsteht. Noch obliegt es ihnen, jenen, die dies so gerne vollziehen, ein breites Grinsen angedeihen zu lassen.

Ungeduldig erwartet bei Wonca: Fasi und Hom. Wer so nach Erfolg lechzt wie Fasi, fällt es schwer, sich Zurückhaltung aufzuerlegen. Was kümmert ihn, was er hinterlässt. Er hat sie nicht gerufen, wozu stellen sie sich ihm auch in den Weg. Sobald er sich ihrer überdrüssig fühlt, langt er zu. Dies jetzt wieder tun zu dürfen, erhofft er sich auf seinem gemeinsamen Weg mit Hom.

Wieder ist es nur ein kleines Päckchen, das Wonca Hom übergibt. Unauffälliger kann ein kleines Vermögen den Besitzer nicht wechseln. Schnell ist es verstaut. Fasi schenkt dem keinen Blick.

Um aktiv zu werden, suchen auf dem Weg zu Zeisig Fasis Augen anderes. Ungerührt schreitet Fasi aus. Kein Wort wird über das Wohin verloren. Kurz vor Erreichen der Parklane weiht Hom Fasi ein.

»Fasi, unterschätze nicht das Grün der Bäume. Bleibe auf der anderen Seite hart am Weg. Wird es weich unter deinen Füßen, suche trockenen Boden. Auf Zeisig wirst du auf deiner Seite nicht stoßen. Vernimmst du ein Zwitschern, so bleibe sofort stehen. Orientiere dich dann zu mir hin. Horche auf des Öfteren nach hinten. Sono ist überall und doch nirgends.«

Danach setzten sie ihren Weg fort. Dass Hom hier im Vorteil ist, liegt klar auf der Hand. Nicht nur die wenigen Besuche, die er schon absolviert hat, auch seine Alleingänge, obgleich sich noch keine ausreichende Gelegenheit hierzu bot, die Lagune aus anderer Sicht in Augenschein zu nehmen, dennoch beschert es ihm, doch etwas mehr Kenntnis zu erlangen. Gelingt es ihm heute, Zeisig zuvorzukommen? Mehrere Fragezeichen wird er hier setzen müssen. Auch darüber, wie Zeisig die Begleitung von Fasi einstuft. Wie immer dies auch Zeisig aufnimmt, Hom will sich nicht länger Zeisig alleine ausgesetzt sehen. Obgleich es Hom klar sein dürfte, fühlt sich Zeisig bedroht, ist ihm jedes Mittel recht, seinen Besitz zu verteidigen. Was schert ihn da eine Abhängigkeit. Bricht eine auseinander, wird eine andere aufgetan. Dennoch freiwillig gibt keiner sein Leben aus der Hand. Eine derartige Freizügigkeit findet bei Hom keinen Anklang.

Zeisig verzichtet im Anblick der Begleitung Fasis auf seine sonst so üblichen Überraschungen. Er stellt sich ihnen auf dem Weg zur Lagune.

Hom winkt Fasi zu sich.

»Wer in aller Welt ist das?«

»Fasi.«

»Bedarfst du ihn?«

»Zeisig. Es gibt nicht nur Sono. Eine weitere Hyäne ist gierig auf mein Fleisch.«

»Weißt du Näheres darüber?«

Soll er Zeisig reinen Wein einschenken? Nein. Zeisig würde es auch nicht tun. Ihre Verschwiegenheit hat schon vieles bewirkt.

»Nur, dass sie versucht, meinen Wegen zu folgen. Bislang gelang es mir noch immer, sie abzuschütteln. Irgendwann gelingt es ihr, dem Ziel näher zu kommen. Um das zu verhindern, bedarf ich Fasi. Weiteres erübrigt sich, da ich ohnehin nicht in der Lage bin, mehr von mir zu geben.«

Eine Warnung spricht Zeisig Fasi gegenüber dann doch aus.

»Bleibe der Lagune fern und warte hier auf uns. Gewahrst du Bewegungen, so gebe Zeichen.«

Hom beabsichtigte, Zeisig zu widersprechen. Er wollte doch Fasi gerade auf die Lagune aufmerksam machen. Es bleibt beim Ansatz. Ein kurzer Plausch noch, dann ging es zurück. Am Ende der Parklane trennten sich ihre Wege.

Fasi wollte es nicht so recht wahrhaben, dass dies alles gewesen sein soll. Hom vermag es ihm nachzufühlen. Es war eben nur das Übliche. Zieht Hom selbst ein Fazit, so muss er feststellen, dass sein eigentliches Vorhaben restlos danebenging. Wenn nicht heute, dann eben zu einem späteren Zeitpunkt. Eines wurde auch Hom klar: Ungerührt geht diese Bekanntschaft mit Fasi auch an einem Zeisig nicht vorüber. Es wird ihm zu denken geben. Doch dies war nur zum Teil die Absicht Homs. Fasi die Gefährlichkeit der Lagune zu veranschaulichen, bleibt weiterhin ein fester Bestandteil in seinem Kopf.

Bitter stößt es Wonca auf, was Hom zu berichten hat. Er kommt nicht umhin, dies auch zu bemerken.

»Fasi wird sich erst einmal in seinem Bau verkriechen. Er muss verkraften, dass seine Person im Augenblick nicht gefragt ist. Gerade bei ihm, wo doch der Anblick geschlossener Augen in ihm das größte Wohlgefühl auslöst. Mehr als die der Sehenden. Wer die Augen schließt, stellt keine Fragen mehr. Wie kommst du damit zurecht?«

»Unwohl ist mir nur wegen Fasi. Es steht zu befürchten, dass er sich anderweitig Genugtuung verschafft.«

»Wer ihm nicht absichtlich auf die Zehen tritt, bleibt von Fasi verschont. Bestehst du auf eine weitere Begleitung?«

»Zeisig muss es akzeptieren. Wenn nicht, ein Opfer zur Demonstration lässt sich finden.«

Woncas Gesicht strahlt nach den Worten Homs auch nicht gerade Zufriedenheit aus. Doch bis zu einer Eskalation ist es noch ein weiter Weg. Aggressionen abbauen, um nicht den eingefahrenen Weg zu gefährden. Hom ist ein beredtes Beispiel hierfür. Bevor er Wonca verlässt, stellt ihm Hom noch eine Frage:

»Wie viel Zeit bliebt mir bis zu deiner Rückkehr?«

Ungläubig betrachtet Wonca Hom.

»Zeit wofür?«

»Zeit um andere Wege zu Zeisigs Bau zu erkunden.«

»Ich glaubte, du seiest über dieses Wunschdenken hinaus.«

»Nicht ganz Wonca. Ich habe noch zu viele Kletten an meiner Wäsche. Sollten sie in den Sumpf versinken, angenehmer könnte das vielstimmige Echo nicht mehr bei uns ankommen. Den einen oder anderen könnte es sogar zu Tränen rühren. Tränen aber anderer Art.«

»Hom, bewahre Ruhe, damit du nicht selbst in etwas hineinschlitterst, was tiefer nicht mehr sein kann.«

»Bislang gelang es mir immer noch, vor dem Abgrund Halt zu finden.«

»Fordere dennoch dein Schicksal nicht selbst heraus, das, was du jetzt genießt, sollte dir näherliegen als abzudanken. Du hörst von mir.«

Wonca zwang sich, das Gespräch abzubrechen. Hom steuerte in ein Fahrwasser, wo ein Wildbach dagegen ein harmloses Rinnsal darstellt. Hier gilt es zu verhindern, dass sich Hom nicht noch weiter vorwagt. Wenngleich es jedem klar bleibt, trifft sie eine Phase der relativen Untätigkeit, drängt es sie förmlich zu abwechslungsreichen Aktionen. Die dann nichts zu wünschen übrig lassen. Nach Möglichkeit in ihren Vorstellungen vom Gejagten zum Jäger zu werden. Erst diese Erfolge bewirken eine innere Befriedigung. Alles andere ist Gift für ihre Seele.

Wonca seinerseits verspürt kein Verlangen, sich in waghalsige Unternehmungen zu verstricken. Offener als zum gegenwärtigen Zeitpunkt vermochte er noch nie seiner Arbeit nachzugehen.

Hom hingegen bevorzugt das Riskante, das Spiel mit dem Feuer. Je stärker es lodert, desto mehr Freude findet er daran. Wie eindämmen? Wie sein Zutun nicht zur Eintönigkeit werden zu lassen? Diese kleinen Episoden eines Zeisigs reichen bei Weitem nicht aus, um Hom in ständiger Anspannung zu halten. Kinderspiele sind das, so Hom, mehr nicht.

Fasi stößt ins gleiche Horn. Erneut werden Erinnerungen in Wonca an Zaco wach. Ist nicht Zaco vom selbigen Problem geplagt? Er, Wonca, vermag noch ausreichend für seine Mannschaft zu sorgen. Wie aber steht es damit bei Zaco?

»Wonca, mache dir nicht seine Sorgen zu den deinen. Sobald sich die Nester wieder füllen, ändert sich auch ihre momentane Unzufriedenheit.«

An eine Beteiligung Zacos am Jetzigen verschwendet Wonca keinen einzigen Gedanken. Was ist es, was sie bewegt, jeglicher Gefahr zu trotzen, anstatt sich festen Halt im Dasein wie andere auch zu suchen? Bestätigung ihrer Unbesiegbarkeit zu erlangen. Fühlt sich ein jeder erst dann als vollwertig, sobald es ihm gelingt, Schwieriges zu überwinden? Wie gelingt es ihnen, mit ihrer Unbeherrschtheit fertigzuwerden, wenn die Tür sich hinter ihnen schließt. Stetig ihre Ungeduld im Zaum zu halten? Sind sie eingebunden in ihre Aktionen, tritt das, was auf sie zukommen kann, weit in den Hintergrund. Ihre Besessenheit, alles zusammenzuraffen, um es ihr Eigen nennen zu können, behält während dieser Zeit die Oberhand. Wie aber dann mit den Jahren des Schweigens umgehen? Bietet sich ihnen schon einmal der Anlass, dem zu entkommen, was veranlasst sie, dem nur zögerlich zuzustimmen?

Er, Wonca, wird sich Zeit nehmen, um wenigstens mit Hom und Fasi hierüber eingehende Gespräche zu führen. Maci, der Feinfühlige, vermag sich auf jede Veränderung einzustellen. Hier dürfte Wonca die geringsten Schwierigkeiten haben. Anzeichen für eine Revolte stehen auch nicht ins Haus. Nur darauf zu warten, liegt ihm fern.

Die Zuwendungen zu erhöhen, auch das steht nicht zur Debatte. Was bleibt sind Möglichkeiten angenehmerer Art, ins Gespräch zu bringen. Sofern sich solche anbieten, und bezahlbar bleiben. Alles ist nach wie vor dünn gesät. Niemand wird davon verschont.

Diese unnatürliche Kunstpause ermöglicht es Sono, seinen Kreis enger ziehen zu können. Den Radius etwas einschränken. Zaco, so scheint es, ist mit seinem Rudel in der Versenkung verschwunden. Woncas Streitmacht tritt auch nur noch selten ins Rampenlicht. Sich dennoch auszusuchen, wem er sich zuwenden soll, dazu besteht noch lange kein Anlass. Wenngleich Spekulatives nicht ansteht, für Überraschungen bieten sich immer Gelegenheiten. Das Einzige, was ihm in der jetzigen Situation zugutekommt, die Hektik kann er beiseitelegen. Seine Beschattungen eingrenzen.

Nicht so Stanes. Die Unruhe, dass bei Wonca keine Aktivitäten zu vermerken sind, ergreift mit jedem Tag, der ohne Ereignisse an ihm vorübergeht, immer mehr Besitz. Seine Barschaft bedarf dringend einer Aufstockung. Wenn Zaco nichts dergleichen auf die Beine stellt, so wird er sich unmerklich bei Wonca einklinken. Hom wird ihm als Zugpferd dienlich sein. Zu Fall könnte dies nur bringen, wenn Hom nicht der Zubringer für Wonca darstellt, den er in ihm vermutet. Umhören und aufnehmen, was geflüstert wird. Kleinkram ist keine Lösung für ihn. Sich damit abzufinden bleibt den Amateuren vorbehalten. Seine Ansprüche beinhalten andere Dimensionen. Nur wie verwirklichen, wo sich jeder im Tiefschlaf zu befinden scheint? Hat sich Geduld auch stets ausgezahlt, doch damit hat es auch einmal ein Ende.

Dann geschieht doch noch das lang Erhoffte. Der Zaunkönig bittet Stanes zu Tisch. Kurz nur war ihre Unterhaltung.

Zweifelnd verlässt Stanes den Zaunkönig. Für ihn, Stanes war es magere Kost, die ihm serviert wurde. Wäre es an dem, wie Zaunkönig vorgibt, der Sumpf wäre längst trockengelegt. Unglaubwürdig, was er hier in Erfahrung brachte. Wird Stanes so gezwungen, die Zeit weiter totzuschlagen, bleibt es sich gleich wo. Umrunden, wohin es Hom zu treiben pflegt? Das wäre zu aufwendig. Einnisten in diesen Dschungel? Harren der Dinge, die da kommen sollen? Das wäre eine Option. Er könnte Bien, obgleich dieser in so manchen Dingen unbeholfen ist, als Zubringer seiner täglichen Bedürfnisse beauftragen. Zu überlegen bleibt nur, wie seine Anwesenheit kaschieren? Zuvorderst misstrauisch allen gegenüber bleiben. Auch einem Zaunkönig. Nicht selten geschieht es, dass solch herrlich zwitschernde Vögel mehrfach gefüttert werden. Auch er darf seiner Anwesenheit nicht gewahr werden. Alle Treffen mit Bien dürfen daher nur weitab von seinem Standort ablaufen. Sollte Zaunkönig dennoch seinen Weg beschatten, muss auch er im Dunkel bleiben, wohin er seine Schritte lenkt.

Da die Zeit stillzustehen scheint, packt Stanes die Gelegenheit beim Schopf. Nässe oder gar Mitbewohner der Wildnis dürfen ihn nicht stören. Je abgelegener, desto sicherer sein Aufenthalt.

Nutzlos rinnt die Zeit herunter. Bien macht sich schon lustig über Stanes, ob er wohl zum Einsiedler geworden sei. Wollte er solche negativen Anspielungen als störend empfinden, könnte er gleich aufhören. Weiter ausharren. Seine Ausdauer wurde mit Erfolg gekrönt.

Zwischen Hom und Fasi bedarf es keiner weiteren Erklärung, wer wo langzuschreiten hat. Fasi hatte ohnedies nur Augen für den Weg und was sich in seinem Rücken befinden könnte. Das Naheliegende blieb von ihm unbeachtet. Welche Bedeutung misst auch schon jemand einem dichten Busch bei, ganz gleich wie immer dieser auch beschaffen sein mag. Ob dies Hom aufgefallen wäre? Er hat zumindest eine weitreichende Kenntnis von der Beschaffenheit dieser Wildnis. In Anbetracht der Einfachheit seiner Betätigung hätte auch er dem wohl keine weitere Bedeutung beigemessen.

Stanes glaubte seinen Augen nicht zu trauen, was er zu sehen bekam. Sofort wird er Bien auftragen, zumindest einen Teil des Rudels mobilzumachen. Das »Wie« ist allen geläufig.

Es währte auch nicht lange, dann hatte Stanes wenngleich auch nur eine kleine Mannschaft beisammen. Anteile zu erwerben, dazu reicht es immer.

Ist auch die Begleitung Fasis für Zeisig nach wie vor ein Dorn im Auge, so allmählich gewöhnt er sich daran. Wurden sonst zwischen Zeisig und Hom ein paar Worte gewechselt, seit dem Beisein Fasis verzichtet Zeisig darauf. Hom stört sich nicht daran. Je kürzer sein Besuch, desto wohler ist ihm dabei. Der Blick in die Lagune ist auch nicht geradezu angetan, dort länger als nötig zu verweilen. Hom will sich gerade wegbegeben, da hält ihn Zeisig am Arm fest. Leise flüstert Zeisig Hom zu.

»Hörst du das?«

Jetzt vernimmt auch Hom die knackenden Geräusche.

»Sono kündigt sein Erscheinen an.«

»Sono?«

Wiederholt Zeisig. Fasi reibt sich schon die Hände. Hom gemahnt ihn zur Ruhe.

»Fasi, halte deine Hände still.«

Zeisig blickt zu Fasi.

»Welche Aufgabe ist ihm zugedacht?«

»Fasi verschafft dir auf die schnelle Art ewige Ruhe. Er befördert dich ins Jenseits, ohne dass du kaum etwas verspürst.«

»Welche Bezeichnung ist ihm sonst noch zugedacht?«

»Viele bezeichnen ihn auch als den Würger.«

Zur Beruhigung, derer sie doch nötiger denn je bedürfen, trägt diese Erklärung Homs über Fasi auch nicht gerade bei. Zeisig wiederholt noch einmal:

»Sono? Bist du dir dessen sicher? Seit wann wird Sono zum Bandwurm?«

Hom zuckt nur mit den Schultern. Ebenso enttäuscht zeigt sich Fasi.

»Also kein Sono.«

»Kein Sono. Fasi, deine Arbeit darfst du schon noch verrichten.«

Das Gesicht Fasis hellt sich etwas auf.

Zeisig führt die Gruppe abseits von der Lagune. Das Erste, was Hom in den Sinn kommt, hier also befindet sich das Schlupfloch Zeisigs. Nur sich jetzt nichts anmerken lassen. Warten und beobachten, was sich anderweitig zeigt. Die Verfolger treten aus dem Schatten.

Hom flüstert Zeisig zu.

»Zacos Wölfe.«

Zeisig nickt.

»Stanes und Bien. Die anderen sind mir auch fremd. Wo aber bleibt Zaco?«

Hom deutet nach hinten. Zeisig schüttelt den Kopf. Aus dieser Richtung droht demnach keine Gefahr. Ruhe bewahren. Selbst die Lagune scheint dies zu beherzigen.

Stein um Stein dreht Stanes um. Langsam wird er ungehalten. Wütend ruft er aus:

»Rako, was hast du mir vorgegaukelt?«

Erstaunt sieht Hom Zeisig an.

»Wer ist Rako?«

»Rako? Der Zaunkönig. Kennst du ihn nicht?«

»Nur unter dem Namen Zaunkönig.«

»Jetzt weißt du, wer sich dahinter verbirgt.«

Bewundernswert die Ruhe von Zeisig.

Stanes' fieberhaftes Suchen lässt ihn die Umsicht vergessen machen. Erschrocken schreit Bien auf, als eines dieser Krokos die Lagune verlässt.

»Stanes, hinter dir.«

Sofort zieht sich die Gruppe zurück. Hat er die Gefahr, die von der Lagune ausgeht, nicht ernst genug genommen? In diesem Punkt hat der Zaunkönig recht. Nur das Versprochene fand sich nicht. Zu einer weiteren Exkursion vermag sich Stanes angesichts dieser Bestien nicht mehr überreden lassen. Wird Stanes Zaunkönig habhaft, ist ihm dieser einige Erklärungen schuldig. Es kann nicht sein, dass Zaunkönig vom Leben, das sich sonst noch in der Lagune abspielt, unwissend sei. Wer das Gebiet kennt wie Zaunkönig, weiß darum. Warum hat er ihm gerade dies verschwiegen?

Unverrichteter Dinge verlässt die Gruppe um Stanes die Parklane.

Zeisig seinerseits führt Hom und Fasi verschlungene Pfade. Diese fest im Gedächtnis zu verankern, so Hom, bedarf es mehrmaligem Abschreitens. Dies ist auch Zeisig bewusst. Daher kann er es sich leisten, sie diese Wege zu führen. Darüber hinaus sind Zeisig jene bekannt, die Hom abschritt, um auf andere Weise zur Lagune zu gelangen. Das für ihn aber Wichtige hält Zeisig weiterhin verborgen. Hom, wie Zeisig, war in der Hauptsache daran gelegen, das Rudel von Zaco im Unklaren zu lassen. Es steht zu viel auf dem Spiel. So tappt Stanes weiterhin im Dunkeln, ob Zeisig hier wahrhaftig sein Depot angelegt hat. Noch weniger erfährt Stanes darüber, was eigentlich gespielt wird. Zeisig rät Hom und Fasi eindringlich, Stillschweigen zu bewahren.

»Hom. Lege es nicht schon jetzt darauf an, einen Machtkampf zu inszenieren. Halten wir uns bedeckt, ruft es erst Zaco auf den Plan, bleibt uns immer noch die Möglichkeit, Sono an seine Fersen zu hetzen.«

»Ich frage mich nur, woher Stanes von dem hier Kenntnis erlangte?«

»Überlass das mir. Behalte du deinen Weg im Auge,

ich den meinigen. So gehen wir nie aneinander vorbei. Andere sollen sich die Haken ablaufen.«

Zeisig zeigt Hom noch die Richtung, in der sie unbehelligt die Parklane verlassen können. Eines gibt er Hom noch mit auf den Weg:

»Keine Änderung im Ablauf. Ganz gleich in welche Richtung. Vielleicht etwas häufiger die Augen schweifen lassen.«

Als Stanes bei Zaco eintrifft, ist seine Wut leicht abgeflaut, aber noch lange nicht verflogen. Das Gespräch in der Bar mit Hom erwacht in ihm zu neuem Leben. Wie gefährlich ist das Spiel, das hier aufgelegt wurde? Vor allem für wen? Des Weiteren stellt sich die Frage, wer hält den Joker? Was nützen alle Trümpfe und Asse, wenn diese von den Luschen ausgestochen werden? Was weiß Zaco von all dem? Behutsam vortasten. Keine Unruhe erzeugen. Bevor er Wonca ins Spiel bringt, gibt es anderes zu klären. Welche Rolle spielt Rako? Wie hoch wird sein Einsatz belohnt?

Ohne Umschweife kommt Stanes zur Sache.

»Zaco, wie steht Rako zu dem jetzigen Geschehen?«

»Warum gerade Rako? Womit verbindest du Rako?«

»Rako machte mich auf etwas aufmerksam, so verschanzte ich mich in der Parklane. Lange tat sich nichts. Ich befürchtete schon, von Rako in die Irre geführt worden zu sein. Dann plötzlich tauchte Hom auf, im Schlepp Fasi, den Würger. Fasi ging so nahe an meinem Versteck vorbei, dass ich glauben musste, er hätte es auf mich abgesehen. Ich wagte kaum zu atmen. Eine falsche Bewegung, und es gäbe mich nicht mehr. Die

Steine, von denen Rako sprach, gab es. Ich drehte sie alle um. Was mir entgegenstarrte, war gähnende Leere. Leise fluchte ich vor mich hin. Bis Bien mich anschrie: ›Dreh dich um!‹ Leise kroch ein kleines Krokodil aus der Lagune auf mich zu. Zum zweiten Male bin ich knapp dem Tod entkommen. Wo aber blieb Hom, wo Fasi, wo Zeisig und wer sonst noch alles sich dort herumtrieb? Wir mussten die Lagune ergebnislos verlassen. Welches Geheimnis wird dort gehütet?«

Zaco betrachtet Stanes schweigend. Angesichts dieser Begegnung, wenngleich es auch nicht dazu kam, kann Zaco seinen Besuch bei Wonca nicht mehr für sich behalten. Stanes winkte ab.

»Hom, hat mir darüber schon Bericht erstattet. Was bezweckst du damit?«

»Ich bot Wonca meine Gefolgschaft an. Wer von euch mitziehen wollte, hätte es gekonnt. Wer nicht, hätte sich anderweitig verdingen müssen. Wonca lacht mir ins Gesicht.«

»Was hast du erwartet?«

»Bist du dir sicher, dass Wonca zu dieser Zeit schon im Geschäft war und daher meiner nicht mehr bedurfte?«

»Ausschließen würde ich es nicht. Es muss noch zu keinen festen Zusagen gekommen sein. Es reicht schon aus, wenn Anhaltspunkte aufgezeigt werden. Routen, die sich einordnen lassen. Der Rest ergibt sich von alleine.«

»Würde es Sinn machen, noch einmal eine Unterredung mit Wonca zu führen?«

»Nicht nach diesem Vorfall. Ich bin mir sicher, Hom weiß, wer ihm im Nacken saß. Jetzt wird es für uns noch schwieriger, ihre Wege zu verfolgen, oder gar zu beschneiden. Darüber hinaus gibt es auch noch Sono. Eine solche Konstellation, wie du sie anstrebst, würde Sono nur zu einem frühzeitigen Ruhestand verhelfen. Abrackern soll er sich dafür. Die Füße wund laufen. Sich seinen Abschied aus dem Dienst redlich verdienen.«

»In Gemeinsamkeit, Stanes, wäre es durchführbar. Durch einen sogenannten Kreuzweg.«

»Du siehst Wonca mit seinen Leuten auf dieser Seite, wir auf der anderen, und Sono dazwischen. Unschlüssig, welche Richtung er einschlagen soll.«

»Wie würde sich das auswirken?«

»Dies könnte uns zwar Zeit verschaffen, nur dem haftet eine Ungewissheit an.«

»Und die wäre?«

»Wie hoch ist das Erbeutete einzustufen? Ernährt es auch alle?«

Hier musste Zaco passen.

»Hom und Fasi beschritten zurück einen Weg gemeinsam. Welchen Weg gingen die anderen?«

»Wie gedenkst du weiter vorzugehen?«

»Nicht viel anders als jetzt. Nur etwas umsichtiger. Ich will Hom das nächste Mal beim Zugriff zuvorkommen.«

»In der Lagune?«

»Wenn es sich dort abspielt?«

»Mache dich erst im Vorfeld mit allem richtig vertraut. Gehe vor allem Fasi aus dem Weg. Wer in der Lagune zurückbleibt, wird nirgends mehr gesichtet.«

»Der größte Gefahrenpunkt bleibt Fasi. Wen sich Fasi vornimmt, verspürt nicht einmal mehr, wer oder was an ihm noch nagt.«

Zaco erschauert beim Gedanken an die Reptilien. Gerade diese Einstellung, wie sie Stanes verkörpert, ist der Garant für sein Leben in Freiheit. Wer Angst verspürt, begeht auch Fehler. Fehler, die sie dem Galgen näher bringen, aber nicht zu dem hinführen, was doch jeder anstrebt. Zu einem Dasein in Wohlstand und Zufriedenheit. So stellt sich doch jeder seinen Ruhestand vor. Unliebsame Bekanntschaften vermeiden. Sie weisen nichts vor, was als angenehm zu bezeichnen wäre. Wenn andere für ihr Wirken kein Verständnis aufbringen, so darf sie das nicht kümmern. Bleiben ihnen gangbare Wege verwehrt, so muss eben auf einem solchen ausreichend Vorsorge fürs Tägliche getroffen werden. Wer nicht stört, hat auch nichts zu befürchten.

Hom hängt ähnlichen Gedanken nach. Noch ist der Zaunkönig ein zu kleiner Begriff für ihn. Dass er Stanes seither nicht mehr zu Gesicht bekommt, bezieht Hom auf den Austausch seines Zugangs zum Domizil Woncas. Kribbeln in den Gliedern verursacht bei ihm nur, woher Stanes Kenntnis von der Parklane hatte. Wer hat ihm das gesteckt? Anders gefragt, wer hat ihn, Hom, beschattet? Stanes, gar Sono? Sono dann seinerseits Zeisig? An Hom selbst zeigte doch bislang Sono kein Interesse. Dieser Zusammenstoß kann durchaus zufällig stattgefunden haben. In der vorangegangenen Zeit, wo Sono hinter Zeisig her war, gab es nicht den kleinsten Schatten eines Sono. Was wiederum Hom bedenklich stimmt. Was zieht Zeisig hier ab? Hom breitet alles vor Wonca aus.

»Wonca. Wir haben nichts in der Hand, was uns einer Lösung näherbringt. Betrachtest du es genau, so hat jeder von uns ein Ass im Ärmel. Nur welches sticht? Bis heute glaubte ich, Zeisig hätte alle Vorteile auf seiner Seite. Dann mischt uns Stanes auf. Weder mir noch Fasi fiel auf, dass wir im Visier von Stanes standen. Wo mir dann noch heiß und kalt wurde. Stanes hob Steine hoch. Er wusste demnach genau, wo er zu suchen hatte. Woher? Dazu fällt mir nichts ein.«

»Wie war die Reaktion von Zeisig? Wenn du zum zufälligen Empfänger dieser Nachricht wurdest und Zeisig Stanes den Vorzug geben wollte, liegt es klar auf der Hand, Zeisig muss Stanes kennen.«

»Verfahren wir nach wie vor weiter so, Hom. Unser Part beschränkt sich auf das Weitergeben. Wenngleich auch dieser ebenso gefährlich bleibt. Die kleinste Unachtsamkeit kann zum Endpunkt werden. Fragen, gleich welcher Art, würden uns ohnehin nicht weiterbringen. Den besseren Einblick hat Zeisig. Überlassen wir es ihm. Bleibt es bei Fasi und dir?«

»Fasi«, sinnierte Hom.

»Fasi brennt lichterloh. Lasse ihn nicht aus den Augen, greift er wahllos zu. Das Kartenhaus, das wir auf festes Fundament stellen wollen, stürzt dann ein. Beschäftige ihn anderweitig, bis seine Zeit ansteht.«

»Wundern würde es mich nicht, wenn Zaco wieder auf der Matte stehen würde.«

»Sofern Stanes seine Niederlage eingesteht.«

Wonca wiegt den Kopf.

»Als Niederlage von Stanes würde ich es nicht ansehen. Stanes kam nur zu spät. Das lässt sich leicht kaschieren. Plausibel klingt es, wenn du einiges an Unerfreulichem erst gar nicht zur Sprache bringst. Zaco, dem ohnehin das Wasser bis zum Hals steht, macht dort weiter, wo Stanes gestoppt wurde. Wie sicher ist da die Parklane noch?«

Wonca breitet eine Karte aus. Zeigt sich die Parklane auch nicht gleich als Prachtstraße, so war sie doch vorher gut befahrbar. Ebenso die Lagune. Laut Karte war diese in Vorzeit bei Weitem nicht so überwuchert wie jetzt. Die Alligatoren dürften sich demnach erst viel später dort eingenistet haben. Sie kann durchaus anderen von Nutzen gewesen sein und wurde später aufgegeben. Hom schüttelt den Kopf.

»Ich weiß, was du mit dieser Karte andeuten willst, Wonca. Wie lange liegt diese Zeit zurück, falls es so gewesen sein sollte? In der Zeit der Piraten? Möglich ist alles. Doch Vergangenheit bleibt Vergangenheit. Für uns zählt das, was vor uns liegt. Ich frage mich nur immer wieder nach dem Warum. Heute ist heute. Warten auf das Morgen. Was gestern war, zählt nicht mehr.«

Hom wirft einen Blick aus dem Fenster.

»Das ist dir schon zur Gewohnheit geworden, Hom. Zeigt sich, was du erwartest?«

»Nein. Trotzdem bleibe ich beim Bisherigen.«

»Maci zeigt dir meine Rückkehr an.«

Hom begibt sich in die entgegengesetzte Richtung. Was brachte ihn dazu? Zeit, die er reichlich zur Verfügung hat? Eine innere Eingabe? Einem Schatten gleich, gewahrte er gerade noch Sono. Was erwartet Sono hier? Für ihn, Hom, bedarf es weder einer Richtungsänderung, noch größere Sorgfalt walten zu lassen. Seine

Taschen sind leer. Er genehmigt sich einen Drink, um abzuwarten, ob nicht doch der damals angeblich freundliche Herr sich wieder zu ihm gesellt.

Doch dieses Mal schien der hilfsbereite Herr anderes im Sinn zu haben. Hom erinnert sich an das, was ihm Wonca angeraten hat. Sich frei von allen Zwängen zu fühlen. Unbefleckt allem gegenübertreten; was er mit sich führt, darf er getrost sein Eigen nennen. Nicht wie sonst, wo an jeder Ecke Gefahr lauert, um ihm das abzujagen, womit er versucht, sich zu ernähren. Gelassen einen Fuß vor den anderen setzen. Keine Straßenkämpfe um das wenige führen zu müssen. Straßenkämpfe, die dann auch noch das Gesetz auf den Plan rufen.

Wie lange vermag er diesem neuen Dasein noch Geschmack abzugewinnen, um doch nicht wieder in das Althergebrachte zu verfallen? Wenn der Reiz gejagt zu werden und selbst zu jagen doch wieder übermächtig wird in ihm?

»Hom, du trägst noch immer einen Gewinn davon. Jetzt kannst du Zufriedenheit ausstrahlen. Andere in Verlegenheit bringen. Bewahre es dir.«

Dann taucht ein neues Gesicht auf. Hom wollte achtlos an ihm vorübergehen. Ein leises kaum hörbares Zwitschern lässt ihn seinen Schritt einhalten.

»Du vermisst wie so viele den Gesang des Gefieders. Zu aller Beruhigung, es vermehrt sich wieder.«

»Es fragt sich nur, in welche Richtung dieser Gesang führt und was zu erwarten bleibt.«

»Mehr als nur Almosen werden dir schon zuteil.«

»Unterschätze nicht die Vorliebe anderer für buntes Gefieder.«

»Hast du Derartiges vernommen?«

»Wenngleich nur einen. Es darf nicht vergessen werden, gerade er trägt die größte Abneigung für Gefiedertes in sich.«

Sein Gegenüber versteht.

»Die wärmende Sonne lockt viele aus ihren dunklen Behausungen.«

Er geht seiner Wege. Da sich Hom schon so richtig in der gefiederten Welt zu Hause glaubt, nennt er seine neue Bekanntschaft die Nachtigall.

»Nachtigall, eines scheinst du vergessen zu haben. Je strahlender das Sonnenlicht, desto länger die Schatten, die es wirft.«

Sein Interesse an weiteren Ausflügen ist nach dem, was ihm widerfahren, nicht mehr besonders groß. Sein momentanes Einkommen lässt nichts zu wünschen übrig. Dennoch ganz so achtlos darf er diese Wort nicht lassen. Der Gesang kann vieles, wiederum auch nichts bedeuten. Er kann aber auch ebenso gut in seine Richtung zielen, sozusagen als Abschreckung. Ist dies der Fall, und sie werden es zu spät gewahr, schnappt die Falle zu. Nicht auszudenken, was sich dann abzeichnet. Jeden Ton in sich aufnehmen. Das Zurückliegende Revue passieren lassen.

Sosehr sich Hom auch bemüht, er findet keinen Zusammenhang. Somit steht auch für ihn fest, Außenstehende beeinflussen den Ablauf. Wer hegt außer den ihm schon bekannten Personen noch ein Interesse daran? Lukrativ ist es, das wird jeder zugeben müssen, der daran beteiligt ist. Die wenigen Fallensteller, die ihren Weg säumen, fallen nicht ins Gewicht. Die eigentliche schmutzige Arbeit leisten ohnehin andere. Das muss ihn aber nicht sorgen. Jeder sucht sich in seinem Leben die Seite aus, die den größten Gewinn verspricht. Risiken daher minimieren. Der Welt immer ein lachendes Gesicht zeigen.

Nur damit kann er zurzeit nicht aufwarten. Störungen waren immer zu erwarten. Doch keineswegs von dieser Seite. Von einem Sono und seinem Anhang ja, sie leben schließlich davon. Doch Zaco? Hier setzt Hom ein großes Fragezeichen. Um Zeisig sorgt sich Hom am allerwenigsten. Der kennt das Gebiet wie kein anderer. Wer aber versucht, sich dort noch einzunisten? Wie lange ist jener schon im Besitz gewisser Informationen? Diese einmalige Beschattung durch Stanes kann dies nicht ausgelöst haben. Weiß Zeisig doch mehr, als er preisgibt? Wie oft hat er sich diese Frage schon gestellt? Ohne Anhaltspunkte von Zeisig findet er keine Antwort darauf.

Zeisig, Stanes? Warum stellte sich Zeisig nicht Stanes? Seelenruhig ließ er Stanes gewähren. Zugegeben, der Bunker war leer. Von wem aber hatte Stanes das Wissen darum? Einen ganzen Katalog von Fragen könnte Hom zusammenstellen. Wem aber vorlegen? Wer Feuer entzündet, verbrennt darin. Somit gibt es für Hom nur eines, Finger weg. Besser ein Rinnsal, als einen trockenen breiten Fluss vor sich zu haben, der keinen Gewinn abwirft. So seine Meinung. Orientierungslos sich geben, dennoch auf alles gefasst sein.

So glaubt Hom, gegen Unliebsames gerüstet zu sein.

Beim nächsten Besuch, den er Zeisig abstattet, wird er ihm einige unbequeme Fragen stellen. An einer Aufkündigung ihres Zusammenwirkens kann keinem gelegen sein. Auch wenn Zeisig Stanes im Rücken hat. Wonca und Hom können Stanes durchaus den Braten vom Tisch ziehen. So gesehen hält jeder ein gutes Blatt. Nur jetzt nichts aufdecken. Noch erhellt die Sonne ihren Weg.

Eine schon fast vergessene Begegnung drängt sich Hom auf. Wen oder was verkörpert diese Nachtigall? Hom konnte demnach der Nachtigall nicht unbekannt sein. Wie sonst käme es, dass gerade er angesprochen wurde? Klangen diese Worte für andere auch unverfänglich, sie zielten dennoch in eine andere Richtung.

»Verdammtes Versteckspiel. Tretet endlich heraus und lüftet den Schleier. Oder löst euch auf und entschwindet.«

Wonca lässt sich dieses Mal mehr Zeit als üblich. Ein Trip zu ihm wäre daher vergebene Mühe. Warten auf Maci.

Erfolglos bleiben weiterhin die Rundgänge Homs. Noch nicht einmal Sono beehrt diese Welt mit seiner Anwesenheit. So, als hätte auch ihn die Erde verschluckt. Von allen verschont zu bleiben, wer von ihnen hegt nicht diesen Wunsch? Jedoch in eine derartige Stille zu versinken, ist auch nicht gerade das, was der Nervenanspannung zuträglich sein kann.

Als Maci dann bei Hom eintrudelt, stellt Hom ihm sofort die Frage:

»In welcher Verfassung befindet sich Wonca?«

Ein erstaunter Blick von Maci trifft Hom.

»Was soll diese Frage? Wie immer.«

»War nur eine Frage.«

Sollte es wahrlich an dem sein, dass Wonca nichts von dem, was sich im Hintergrund abspielt, mitbekommt? Etwas, und seien es auch nur Andeutungen, sickern doch immer durch.

»In Augenschein nehmen, Hom, was dran ist.«

Kaum bei Wonca eingetroffen, überfällt er ihn auch schon mit der Frage, die wie Feuer in ihm brennt.

»Konntest du aufgrund unseres letzten Gespräches Besonderes in Augenschein nehmen?«

»Hom. Versage dir, Fragen über gewisse Dinge zu stellen, dann machst du dich auch nicht verdächtig. Noch weniger solltest du Fragen an jene richten, die dich nähren. Das Woher bleibt unbedeutend. Was versprichst du dir davon, alles aufzudecken? Es kann eine Lösung geben, die du dir so einfach nicht vorgestellt hast. Wiederum aber auch so verkettet sein, damit einer vom anderen nichts mitbekommt. Kennst du einen besseren Schutz? Zeisig weist die unverfänglichen Kontakte auf. Belasse es dabei. Wie nahe ist dir Sono?«

»Seit Tagen gibt es keine Spur mehr von ihm.«

»Das schließt nicht aus, dass er nicht doch anderweitig fündig geworden ist. Einen Zeisig, so viel weiß auch Sono, erkennst du nur an seinem Gesang. Zu Gesicht bekommst du ihn kaum. Bedenke dennoch, wo ein Zeisig zwitschert, liegt immer etwas in der Luft. Halte die Ampel, die du mit dir trägst, unbedingt auf Rot, sobald du Zeisig begegnest. Auch Sono weiß um seine Möglichkeiten. Diese sind weitreichender als unsere. Vertraute Geräusche sollten dir Grund genug sein.«

»Du glaubst doch nicht im Ernst, dass ich Sehnsucht danach verspüre?«

»Mitunter gewinne ich den Eindruck, dir ist danach.«

»Wenn schon, Wonca. Werde ich vor die Wahl gestellt, dann lieber das, als den Bestien in der Lagune zum Fraß vorgeworfen zu werden.«

»Dazu muss es nicht kommen. Es sei denn, du verlierst die Übersicht. Zweifel erfassen mich schon, wenn ich an das, was wir vordem veranstaltet haben, zurückdenke. Wie einfach es doch sein kann, ohne viel Aufwand die Taschen zu füllen. Zu einfach, wenn du mich fragst. Es fühlt sich an, als würden alle nur auf den richtigen Moment warten, um zuschlagen zu können. Was zählt hier schon der Einzelne, wenn es möglich ist, das ganze Nest auszuheben. Warten, bis alle Bienen im Stock sind, dann die Falle zuschnappen lassen. Dieser Gefahr bleiben wir ständig ausgesetzt. Gebe ihnen mit vorgespielter Unwissenheit weiter Rätsel auf, so zwingst du sie, ihre Gedanken in alle Richtungen kreisen zu lassen. Du bescherst dir so selbst ungeahnte Vorteile, bis hin zum strahlendsten Lächeln, das du dir aufzusetzen vermagst. Grübele nicht weiter über diese unnatürliche Ruhe nach. Jeder neue Tag bewirkt anderes.«

Was hat Hom, was er dagegensetzen könnte? Er zieht sich zurück.

Was ihm vorschwebt ist doch nur, den Kreis einzuschränken. Wäre es denn nicht vorteilhafter, den Umgang zu kennen, als unkonventionell auf offener Straße angesprochen zu werden? Dem Sprecher schien dies geläufig zu sein. Warum dann nicht auch einmal umgekehrt. Des Weiteren Zeisig. Trifft dies nur auf Zeisig zu? Wer sich hier keinen weiteren Gedanken hierzu hingibt, dem scheint an seiner Freiheit nicht viel zu liegen. Wendet denn nicht auch die Gegenseite derartige Methoden an? Deren Schlösser klicken dann schneller, als man sehen kann.

»Sage, was du willst, Wonca. Wie immer du dies auch betrachtest, dies ist deine Ansicht. Dein Weg verläuft von außen her gesehen gradlinig. Der meinige birgt noch viel an Unbekanntem in sich. Wer bezweckt hier was? Wie sieht das Ende aus? Was bleibt übrig, wer auf der Strecke? Noch einmal ein solcher Aufmarsch und die Kettenhunde sind los. Dann aber ohne mich.«

Wie gut Wonca daran tat, die Worte Homs bei seinem neuerlichen Besuch beim Abnehmer gedanklich an sich vorüberziehen zu lassen, jetzt wird es ihm vor Augen geführt. Wonca gerät ins Schlucken. Hat er dem zu wenig Aufmerksamkeit entgegengebracht? Beim Betrachten der Auslage des Juweliers gewahrt Wonca im Spiegelbild eine Person, die nicht in das Umfeld passt. Wonca verhält sich so, als ob ihm ein Stück der Auslage besonders gut zu gefallen scheint. Von allen Seiten betrachtet er es, ohne den Mann aus den Augen zu verlieren. Bevor er eintritt, deutet er noch mit der Hand darauf, als wolle er nur dieses Stück.

Wortlos wird das Geschäft abgewickelt. Dann hat Wonca doch noch einen Wunsch.

»Wäre es möglich, wenn Sie mir das eben Übergebene so aussehen lassen könnten, als wäre es ein Geschenk?«

Fragend sieht der Juwelier Wonca an.

»Wenn mich meine Augen nicht täuschen, gewahre ich, dass noch jemand am gleichen Stück Freude findet.«

Kaum verpackt, betritt der Fremde das Geschäft. Überschwänglich bedankt sich Wonca. Nur jetzt nicht zurückblicken und Aufmerksamkeit auf sich lenken. Homs Worte gewinnen stetig mehr an Bedeutung. So viel an Zufälligkeiten kann es nicht geben. Stellt er Zeisigs Worte dagegen, wer sättigt sich noch von dieser Quelle?

»Wonca, male keine Gespenster an die Wand. Es findet sich auf alles eine Antwort.«

Die Marschroute ändern? Dies würde nicht viel bringen. Schweigend übergehen, soll keine Störung im Ablauf eintreten. Belassen, wie es eingefädelt wurde. Niemandem Gelegenheit bieten, hemmend eingreifen zu können.

Zum zweiten Male bewährt es sich, bei Wonca, das ihm überreichte Geschenk mäßig einpacken zu lassen.

Zaco erwartet Wonca vor seinem Domizil. Lachend deutet Zaco auf das Päckchen.

»Seit wann vergibst du Geschenke, Wonca?«

»Es mag dir noch nicht aufgefallen sein, Zaco. Es gibt nichts ohne ausreichend Gegenleistung. Kaum zu glauben, dass du eine Abneigung in dir trägst, dem nicht zuzusprechen.«

»Wenn es sich lohnt.«

»Etwas Warmes im Arm beflügelt jeden. Was bezweckst du dieses Mal mit deinem Besuch? Der gleiche Wunsch von damals kann es nicht sein.«

»Die Straße, auf der wir uns befinden, verliert nicht nur an Länge, sie magert regelrecht ab.«

»Wieso uns, Zaco?«

Zaco versagt es die Sprache. Stanes, Hom und vor allem Rako, dieses Dreigestirn. Ist Wonca davon noch nichts zu Ohren gekommen?

»Worauf willst du hinaus, Zaco?«

»Worauf? Wurde dir nichts hinterbracht?«

»Was sollte das sein?«

»Wie viel gibt dein Brunnen noch her?«

Wonca deutet auf das Geschenk.

»Wie du siehst reichlich.«

Verlegen lehnt sich Zaco gegen die Tür. Gab sich Wonca nur so unwissend, oder hat ihm Hom doch noch nichts von dem, was sich in der Lagune abspielte, weitergegeben?

»Betrachte es von der richtigen Seite, Wonca. Begeben sich zwei auf einen schmalen Weg wie ausweichen?«

»Spuck aus, was dich daran stört.«

»Du und deine Riege.«

»Wie sollte das möglich sein?«

Wieder fühlt sich Zaco einmal mehr in die Defensive gedrängt.

»Augenblicklich beschäftige ich keinen aus meiner Riege. Wie du sie nennst. Es bedarf keiner Notwendigkeit. Das, was ansteht, erledigt sich, wenn du willst von selbst. Dein Weg ist nicht der meine.«

»Dennoch gibt es eine Überschneidung.«

»Es fragt sich nur, wer vom Weg abgekommen ist.«

»Meine Leute nicht.«

»Wer hat Sono, dem Schleicher, deutliche Spuren serviert?«

Zacos Gesicht verliert an Farbe.

»Zaco. Was auch immer vor dir ausgebreitet wurde, das gehört mit dazu. Sono ist keiner, der ungestüm zuschlägt. Das überlässt er tunlichst anderen. Er sammelt die Spuren und ordnet diese ein. Am Rest hegt er kein Interesse mehr.«

»Stanes wollte einen Kampf vermeiden und hielt sich deshalb zurück.«

Welche Version hat Stanes Zaco aufgetischt? Diese steht keineswegs im Einklang mit der Homs.

»Dies wäre auch unklug gewesen, Schüsse ins Blaue abzugeben. Jeder Weg einer Kugel lässt sich nachvollziehen. Vertraue nicht darauf, dass es nicht ausreichend Merkmale geben könnte. Oder sich die Spur gar vollends verliert. Diese Einstellung wurde schon so vielen zum Verhängnis.«

Zaco wie Wonca ist bestrebt, die Lagune mit keiner Silbe zu erwähnen. Obgleich doch jeder darum wissen müsste. Wonca müsste zugeben, dass er diese aus den Worten Homs kennt. Wie weit ist sie Zaco geläufig? Keiner will sich eine Blöße geben. Wird die Parklane nun doch zum Zankapfel? Wem käme dies gelegen? Wonca lenkt ein:

»Zaco, halte dein Fußvolk zurück, wie ich es mit dem meinen mache. Das erspart uns unliebsame Überraschungen. Zu einer Vereinigung, wie du sie schon einmal ins Gespräch gebracht hast, sehe ich keine Veranlassung. Erweitere deinen Radius. Wenn dir der bestehende zu eng wird. Ich gedenke nichts dergleichen vorzunehmen. So kommen wir uns auch nicht ins Gehege. Mögen wir auch nicht immer ausreichend zur Verfügung haben,

Hunger verspürt dennoch keiner von uns. Die Hoffnung trägt uns.«

Wie stark es in Zaco rumort, als er Wonca verlässt, ist ihm nicht anzumerken. Es könnte Wonca nur noch mehr Auftrieb geben. Dennoch, etwas muss Zaco loswerden.

»Der tut gerade so, als wäre er ein Unschuldsengel. Rücksprache halten mit Stanes.«

Zaco ruft Stanes zu sich.

Zaco vermag sich kaum noch zurückzuhalten.

»Stanes. Nach meinem weiteren Besuch bei Wonca, werde ich das Gefühl nicht los, was du vorbrachtest, war nicht alles. Was verschweigst du mir?«

»Was willst du hören? Dass ich ins Leere gelaufen bin und fast von einem Krokodil verschlungen worden wäre. Wenn mich Bien nicht rechtzeitig gewarnt hätte?«

»In dieser Wildnis Krokodile? Wonca gab nicht dergleichen von sich.«

»Wonca, immer nur Wonca. Weißt du, welche Rolle er spielt? Nach meinem Dafürhalten knüpft Hom die Fäden.«

»Hom wiederum zählt für mich nicht. Wie nahe war dir Sono?«

»Sono lässt sich nicht einordnen. Den wirst du erst gewahr, wenn er vor dir steht. Mehr Sorge bereitet mir Rako.«

»Der Zaunkönig?«

»Es nimmt sich aus, als ob es ihm Vergnügen bereitet, andere leiden zu sehen. Entweder macht sich Rako einen Spaß daraus, oder er verdingt sich noch anderweitig. In jedem Falle spielt er falsch.«

»Wieso anderweitig?«

»Der Ansatz war vielversprechend. Es gab Bewegung. Bis dahin stimmte alles, was Rako auftischte. Doch was ich letztendlich vorfand, war ein leeres Nest. Wer hat es vor uns ausgeräumt? Hom konnte ich ausmachen. Wer aber fast über mich gestolpert wäre, nicht. Ich wagt nicht den Kopf zu heben, um zu erkennen, wer hier an mir vorüberstolperte. Wie gut kennst du die Wildnis? Vor allem die Lagune? In der sich dann auch noch Reptilien tummeln? In meinem Eifer das von Rako Versprochene zu finden, ließ ich außer Acht, was sich hinter mir abspielte. Nach dem Schrecken weiterzusuchen, schien mir zu gefährlich. Wir zogen uns zurück. Was soll ich da noch deiner Meinung nach verschwiegen haben? Herauszufinden wäre, wer unterhält das Versteck in der Lagune?«

»Du glaubst demnach, dass dort die Lösung zu finden bleibt.«

»Wo sonst? Hom ist der Dreh- und Angelpunkt. Wonca begibt sich noch nicht einmal einen Steinwurf in ihre Nähe. In meinen Beobachtungen konnte ich nichts dergleichen feststellen. Offen bleiben auch die Wege Homs. Weiter, wen er sonst noch alles im Schlepptau hat. Bringe lieber du ans Licht, warum du dich mit Wonca vereinigen wolltest.«

»Das Warum ist kein Geheimnis. Ich fühlte mich von euch im Stich gelassen. Welche Geschäfte Wonca betreibt, ist auch mir nicht bekannt. Nur, dass es solche geben muss, liegt klar auf der Hand. Nur was? Wäre es zu diesem Schritt gekommen, ich hätte euch freigestellt, entweder mitziehen oder trennen. Das war mein Vorhaben.«

»Große Versprechungen gebe ich nicht ab. Das Geflecht um den Zaunkönig ist zu engmaschig angelegt. Glaubst du, eine Spur von ihm gefunden zu haben und folgst ihr, stellt er dir eine Schranke in den Weg. Dann beginnt die Suche von Neuem. Aber, sobald er versucht dich zu finden, gelingt ihm das immer. Immer mysteriöser wird das Ganze. Welchen Wert beinhaltet es? Noch mehr, wer trägt den Gewinn davon?«

»Nehmen wir Wonca. Bei meinem letzten Besuch konnte ich feststellen, er leistet sich, an wem auch immer, Geschenke zu verteilen.«

»Geschenke?«

»Das, was er bei sich trug, sah jedenfalls danach aus.«

»Zaco. Wonca ist ein Fuchs. Er riecht, wenn etwas in der Luft liegt. Wurde er jemals schon zur Strecke gebracht?«

»Versuche hierzu gab es. Es fehlten die Beweise. Es ist schwer, ihm beizukommen.«

»Daran wird sich auch kaum etwas ändern.«

»Stellen wir Wonca einmal zur Seite und nehmen an, er ist in dieser Sache nur Laufbursche. Die eigentlichen Aufgaben hierzu erteilen andere. Wer, das herauszufinden ist es, worauf es ankommt.«

»Es sickert kaum Brauchbares durch. Das Wenige wo zuordnen? In mir erweckt es den Eindruck, als existiere irgendwo eine Krake, deren Arme in alle Richtungen hin ausgestreckt sind. Jeder Arm bleibt in Bewegung. Nicht auszuschließen, dass einer dieser Arme auch für uns bestimmt ist. Festgehalten werden von ihm, nur zu welchem Zweck? Sollen wir ebenso wie die anderen nur benutzt werden? Spielt dann auch Rako nur mit uns? Dass ich ihm zu sehr vertraut haben könnte, dieser

Anschein drängt sich mir nicht auf. Sobald ich seiner habhaft werde, wird er mir Rede und Antwort stehen. Ansonsten wird er einbetoniert und in der Lagune versenkt. Mal sehen, wie ihm das schmeckt.«

»Könnte nicht auch Hom?«

»Nein, Zaco. Hätte Hom die Macht darüber, wir wären erst gar nicht bis zur Lagune vorgedrungen. Hom muss unser Erscheinen ebenso überrascht haben wie uns, als wir seiner Anwesenheit gewahr wurden. Bis jetzt war ich der Meinung, dass mein Gehirn gut funktioniert. In einem Punkt aber, verweigert es mir die Mitarbeit. Wer füllt das Nest? Wurde Hom zu diesem Zeitpunkt erwartet? Um die Krokos zu füttern, bestimmt nicht. Liebend gerne würde ich alle aufmischen. Wem um alles in der Welt ziehen wir hinter uns her? Zaco, halte davon, was du willst. Meine Geduld ist am Ende. Ich will Klarheit.

»Bezähme dich, Stanes. Recherchiere erst einmal, ob sich der Aufwand lohnt.«

»Solange Wonca seine Helfer davon auszahlen kann, muss es an dem sein. Du hörst von mir.«

Wann, ließ Stanes offen. Alle Wege abschreiten. Wenn es sein muss, weite Bogen schlagen. Vielleicht, es könnte ja sein.

Maci sucht Hom auf.

»Hom, Wonca will dich sehen.«

Bevor sie das Haus verlassen, hält Maci Hom zurück.

»Bevor du dich auf den Weg begibst, sondiere erst das Terrain. Es sei denn, du erwartest Besuch.«

»Besuch? Ich wüsste nicht, wer nach mir ein so großes Verlangen verspüren sollte.«

Sie treten beide zum Fenster.

»Kennst du diesen feinen Herrn?«

Hom wiegt den Kopf.

»Vom Sehen, ja. Vor Kurzem lief er mir über den Weg und gab mir zu verstehen, der Gesang der Vögel würde sich wieder verstärken. Ich nenne ihn seither die Nachtigall.«

Maci bekam große Augen.

»Nun verstehe ich Fasis Zuversicht.«

»Wieso Fasi? Was deutete er an?«

»Dass es sehr bald und reichlich für ihn zu tun gäbe.«

Festen Schrittes begab sich Hom zu seiner Nachtigall.

»Nachtigall. Obgleich dein Gesang mir lieblich in den Ohren klang, das Lied jedoch, das du anstimmtest, war mit zu vielen Misstönen unterlegt. Kann es sein, dass der Wind deinen Gesang zu weit verstreute?«

Die Nachtigall zuckt nur mit den Schultern.

»Nicht immer lässt es sich vermeiden, dass Sturm aufzieht. Kündigt sich ein solcher an, bedarf es dringend eines Schutzes.«

»Wo willst du diesen finden, wenn der Sturm dich schon erfasst hat?«

»Lass dich von ihm treiben. Gebe dich so, als seiest du mit ihm verwachsen.«

Danach verabschiedete sich die Nachtigall. Hom sah ihr noch lange nach.

Maci seinerseits beobachtete beide aus sicherer Entfernung. Noch umsichtiger, als er es ohnehin schon tat, bewegte sich Hom. Maci zollte ihm stillen Respekt.

Bevor sich Hom bei Wonca bepackte, stellte er Wonca eine Frage:

»Wo ist Fasi?«

»Ich glaube, du hättest deine Meinung hierzu geändert und wolltest Fasi nicht mehr bei dir haben?«

»Fasi versetzt mich in Sorge. Maci gab mir zu verstehen, dass Fasi hocherfreut darüber zu sein scheint, bald seine Künste demonstrieren zu dürfen.«

Schwer geht nach dieser Ankündigung Woncas Atem.

»Wonca, halte auch Maci zurück. Für das, was sich anbahnt, benötige ich einen freien Rücken. Der einsame Wanderer, die Nachtigall, gewahrt einen Sturm am Horizont. Vorboten gab es. Nur wer löst eine solchen aus? Es ist nicht auszuschließen, dass dieser verheerender wird als ein Erdbeben, Wonca.«

»Wie sicher glaubst du ist dir noch dein Weg?«

»Schatten zeigen sich. Doch jeder gibt sich so, als wäre dies eine alltägliche Aufgabe.«

»Welche Spielart favorisierst du? Poker, Schach?«

»Poker scheidet aus. Hierzu fehlt der Joker. Ich neige da eher zu Schach. Wessen Bauern werden zuerst geopfert? Welche Königsburg hält dem Sturm stand? Ich habe dir schon einmal zu verstehen gegeben, ein verstörtes Pferd springt nicht mehr. Es reißt alles nieder.«

»Unsere Pferde, Hom, galoppieren noch.«

»Zeisig ist mir einiges schuldig. Wie sagte die Nachtigall? Vertraue dich dem Sturm an.«

Wonca verstand gar nichts mehr.

»Die Kletten an meinem Körper mehren sich. Wem drängt es noch, hier mitzumischen?«

Hom begibt sich auf den Weg, wo er Zeisigs Bekanntschaft machte. Bringt er ihn der Lösung näher? Den eingefahrenen Weg meiden, so sein Denken. Gibt es auch nur eine Parklane, doch zur Lagune führen mit Sicherheit noch andere Wege.

Noch jemand scheint die Vorahnung gepachtet zu haben. Zeisig. Wie sonst käme Zeisig auf die Idee, Hom gerade auf diesem Weg anzutreffen? Wie jetzt Zeisig in aller Öffentlichkeit aus der Reserve locken? Der Weg zur Lagune dürfte ihnen nicht erspart bleiben. Wer trägt auch schon gerne ein Vermögen, von dem gewisse Personen, gleich welchen Couleurs, nichts wissen dürfen, mit sich? Ein Drink, wie schon einmal, unauffälliger könnte sich eine Bekanntschaft nicht anbahnen. Nur hat sich die Lage völlig verändert. Was beide vermissen, Sono. Noch belächeln sie seine Anwesenheit. Wäre ihnen zu Ohren gekommen, womit sich Sono so intensiv beschäftigt, ihre Ruhe wäre dahin. Wie weggeblasen von dem Sturm, den die Nachtigall prophezeite. Hom sprach Zeisig darauf an.

»Zeisig. Mein Blick zum Himmel sagt mir, ein Sturm zieht auf.«

»Anzeichen in diese Richtung deuteten sich schon des Öfteren an. Bislang blieb alles ruhig. Empfindest du Furcht?«

»Wenn es nur das wäre. Anhängsel, die jedem geläufig sind, vermag man abzuschütteln. Was mich bedrückt, auf jedem meiner Wege scheint sich jemand zu befinden, den es nur in eine Richtung zu drängen scheint. Ausgerechnet in jene, die deiner nahe kommt. Wie aufhalten?

Greifen, was nicht wahrnehmbar? Es wird zum Karussell. Was fehlt ist die Begleitmusik.«

»Überhöre das Heulen des Windes. Füge das Zwitschern der Vögel dort ein, wo es hingehört.«

»Wie beschäftigt es dich?«

»Nicht in dem Maße wie dich. Du scheinst hinter jedem Strauch ein Gespenst zu vermuten.«

»Wie kommt es, dass ich von Personen auf offener Straße angesprochen werde, die mir noch nie begegneten? Wer kennt die Zusammenhänge? Was ist mit Sono? Seit Tagen gibt es keine Spur mehr von ihm? Wer nährt sich noch alles aus dieser Quelle, von der du sprichst, sie würde niemals versiegen? Ich blicke nicht mehr so hindurch wie zu Beginn.«

»Lege nicht mehr hinein, als Platz hat. Oder reicht es Wonca nicht, was er sich aneignen kann? Warum genießt du nicht die Hängematte und beschäftigst dich mit Imaginärem.«

Bei der Namensnennung Wonca horchte Hom auf. Woher weiß Zeisig davon? Ansprechen darauf? Zeisig würde stumm bleiben. Hom setzt das Gespräch fort.

»Nennst du das imaginär, wenn jemand dich auf der Straße streift und flüstert dir zu, hab Acht? Vor was oder wem? Hierauf bekommst du keine Antwort. Wer staut wo was auf? Ich hoffte und war der Meinung, deine Einsicht sei weitreichender als die meine. Du wüsstest, was sich abzeichnet.«

»Hombre. Es gibt Dinge, mit denen du dich besser nicht befassen solltest.«

»Als da wären?«

»Das Woher und wie es beschafft wird. Beschränke

dich darauf, mit den Anteilen deine Taschen füllen zu können und schweigend deine Wege zu absolvieren.«

»Warum werden mir dann Seitenstiche versetzt?«

Hier wusste auch Zeisig keine Antwort.

»Geschähe dies nur einmal, so könnte man es mit vielem abtun. Doch ich wurde schon mehrmals angesprochen. Noch heute, bevor du auftauchtest. Jeder glaubt, etwas sagen zu müssen. Wo, Zeisig, befindet sich der Ausgangspunkt? War die Parklane deine Idee?«

Hierzu schwieg Zeisig.

»Gib mir die Antwort, du kennst sie.

Zeisig nimmt Hom am Arm und führt ihn hinweg.

»Hombre. Dies ist nicht die Stunde, wo Näheres erklärungsbedürftig wäre. Tue es ab mit der Neugierde einiger weniger. Wer in unserem Metier auffällig viel sich zu leisten in der Lage ist, noch dazu ohne jegliche Anstrengung, läuft immer Gefahr, dass andere mit davon profitieren wollen. Sehe darin keine Gefahr.«

Nach wenigen Schritten hält Hom Zeisig an und deutet auf einen Punkt. Nun wird ihn auch Zeisig gewahr. Jetzt den Rückzug antreten wäre zu auffällig. Da sich Zeisig in der Parklane bestens auskennt, schlägt er einen anderen Weg ein. Hom mutet es an, als ob sie sich immer weiter von der Parklane entfernten. Erst das Rauschen des Meeres weckt ihn auf. Ein schmaler Sandstreifen trennt die Wildnis vom Meer. Es sind nur noch wenige Schritte bis zur Lagune. Ihre Anstrengung hätten sie sich sparen können. Außer den schwimmenden Bestien beehrt niemand die Lagune. Alles war unberührt.

Hom nimmt den gleichen Weg zurück. Keine Sekunde überlegt Hom, trotz der Shore in der Tasche, er muss das

Gebilde in Augenschein nehmen. Als er ankam, war es verschwunden. Er wird aus Zeisig nicht mehr klug. Wer immer sich auch ihnen in den Weg stellt, für Schmeicheleien ist keine Zeit mehr.

Unablässig lässt Hom seine Augen schweifen. Dennoch so, als wäre nichts geschehen, findet sich Hom bei Wonca nicht ein. Verächtlich, als wäre es Schrott, wirft Hom das Säckchen auf Woncas Schreibtisch.

»Hom, was ist los?«

»Wonca. Das ist das Heißeste, was ich jemals angepackt habe. Vielleicht deswegen, es wissen zu viele darum. Zeisig hingegen schwächt noch immer ab. Es mag angehen, dass er nicht in alles Einblick hat. Jedenfalls aber mehr, als er jemals zugeben wird, oder darf. Imaginäres würde ich, so seine Meinung, auf Schritt und Tritt vorfinden. Gesagt sei auch, es gibt einen anderen Weg durch die Wildnis zur Lagune. Auf diesem kannst du sie leicht umgehen. Wer immer dies auch war, der auf diesem Weg auf uns wartete, auf meinem Rückweg gab es ihn nicht mehr. Jetzt bist du am Zuge. Reihe es ein, wie es dir beliebt. Zum Opfer eines Raubes wirst du dort nicht. Unsere Gegner erkunden vorab alle Wege, bevor sie zuschlagen. Was nützt ihnen auch schon ein Sack voller Klunker, wenn niemand parat steht, der diese versilbert. Bedenke, Wonca, einen langen Weg haben sie nicht mehr vor sich. Zähle alles zusammen, was sich bisher zugetragen hat. Lassen wir Stanes und Zaco aus dem Spiel. Was flüsterte mir die Nachtigall zu? Welchen Part hat jener inne, der dich im Visier hatte? Das alles soll rein zufällig vonstattengehen? Wenn du mich fragst, es steckt System dahinter. Warum zeigt sich Sono nicht mehr? Was hat er aufgetan? Meines Erachtens ist Sono längst einen Schritt weiter. Er bedarf unserer Hilfe nicht mehr. Es sollte mich nicht wundernehmen, wenn er sich dort nicht schon längst eingenistet hat. Eingenistet, ohne dass von ihm auch nur das Geringste sichtbar wird.«

»Neigst du hier nicht doch zu Übertreibungen?«

»Gewiss nicht. Ich resümiere nur. Was tun, Wonca? Warten, bis der Sturm losbricht, dann das Heil in der Flucht suchen? Dem frühzeitig begegnen? Nur wie? Von Zeisig ist hierzu keine Bereitschaft zu erwarten. Er muss sich demnach sicher eingebunden fühlen. Wer sucht wo was? Sicher scheint mir nur eines zu sein. Der Klang einer solch sprudelnden Quelle verhallt nicht ungehört. Es ist auch nicht ungewöhnlich, dass andere so wie wir in eine Schlacht geworfen werden, um ihnen die Weg zu ebnen, die sie dann ohne unsere Mitarbeit frei benutzen können. Macis Worte über Fasi gewinnen stetig an Bedeutung. Doch gerade wegen seiner Ambitionen befindet er sich in größter Gefahr. Ketten sind nicht gleichzusetzen mit weicher Substanz. Dein Weg, Wonca, bleibt nicht gefährlicher als sonst. Diese paar Kröten erwecken kein größeres Interesse, schon gar nicht, wenn weitaus Gewinnbringenderes in Aussicht steht, besser gesagt, vor die Füße gelegt wird. Wer versucht hier wen zu provozieren? Das will mir nicht in den Kopf.«

»Versage dir derartige Gedanken, Hom. Jede Provokation ruft ein Gegenstück auf den Plan. Nur wer die Nerven behält, geht als Sieger hervor.«

»Hierzu wäre es von Vorteil zu wissen, welche Streitmacht sich uns in den Weg stellt und wer diese anführt. Zaco oder gar Stanes sind dazu nicht in der Lage. Zeisig scheidet ebenso aus wie die Nachtigall. Wer hält hier die eigentlichen Fäden in der Hand? Sollen wir uns Sono anbiedern?«

»Jetzt hat dich der Wahnsinn vollends im Griff.«

»Einen besseren Schutz als ihn, kann es nicht mehr geben.«

»Was du von dir gibst, Hom, existiert nur in deiner Vorstellung. Weißt du mit Sicherheit, wie weit Sono schon durchgedrungen ist? Wenn du dir sein Hohnlachen anhören willst, wage es. Deine Chancen hierzu sind gleich null.«

»Deiner Meinung nach sollen wir warten, bis der Vorhang sich hebt.«

»Zeige mir Konkreteres auf, als das, was du von dir gibst.«

»Wonca, halte alle deine Sinne angespannt. Ich wünsche dir gutes Gelingen. Vielleicht bleibst du als einer der wenigen unantastbar. Kommst es der Speerspitze nur auf den Weg an, hast du nichts zu befürchten.«

Ungerührt ziehen die Worte Homs an Wonca dann doch nicht vorbei. Obgleich, was ihn, Wonca, betrifft, kein Ungemach in der Luft liegt. Dennoch beschäftigt ihn ein Gedanke. Welche Planung liegt dem zugrunde? Wer will sich den Kuchen einverleiben? Was bleibt für sie übrig? Das heißeste Eisen hat hier Wonca mit Fasi im Feuer. Fasi den Würger an seiner Seite. Ihm kann, so Wonca, niemand das Wasser reichen. Doch nur auf einen zu vertrauen, wäre doch zu gewagt. Absurder als Homs Idee kann ihm nichts mehr anmuten. Was bleibt? Weiter so zu verfahren, als wüsste er von nichts. Bei genauer Betrachtung gibt es auch für ihn keine Änderung.

Diese schmalen Schatten, die sich zeigen, verdunkeln keine Sonne. In seiner Riege gibt es kein Ausscheren.

Hom sucht geradezu die Nachtigall. Wo nahm alles seinen Anfang? Es fällt ihm nicht schwer, mit leeren Taschen der Welt die kalte Schulter zu zeigen. Aufmerksam auf die Wildnis konnte Stanes doch nur durch ihn geworden sein. Somit scheidet Stanes als treibende Kraft aus. Nur Zaco stellt noch einen wunden Punkt dar. Was ist ihm bekannt? Sein Rudel hingegen verleibt sich anderes ein. Mit Zaco und Stanes wäre es somit getan. Wonca als Zufallstreffer? Wonca, der immer nur im Stillen agiert? Wie lange hat er schon über diese Zusammenhänge gebrütet, ohne einen Schritt weitergekommen zu sein? Er alleine kann die Antwort nicht finden. Warum aber sperrt sich Zeisig? Erst groß propagieren, dann sich abschotten.

»Nachtigall, hast du dich verflogen? Gar verabschiedet? Deinem Gesang nach solltest du eigentlich noch mitsingen. Wer aber stimmt wo den Chor ein? Ziellos bleiben, Hom. Wer sich der Wertschätzung deiner erinnert, nimmt sich deiner schon an.«

Wieder einmal mehr ist es der Weg, der ihm zu schaffen macht. Sanfte Töne unweit von ihm lassen Hom aufhorchen.

»Nachtigall?«

Dann dringt es auch schon an sein Ohr.

»Das Gefieder trägt Trauer. Dunkelheit zieht auf.«

»Wie ihr begegnen?«

»Entschwinde oder du wirst von ihr eingehüllt.«

Sofort wurde es still.

Soll er einen weiten Bogen um die Parklane schlagen? Was würde ihm dort vor die Füße fallen? Nicht auszudenken, wenn er in die Phalanx Sonos gerät. Andrerseits, wo sollte sich für ihn ein Risiko auftun?

Was verkündete die Nachtigall, wenn sie es denn war? Wie tief steckt sie mit drin?

Bis zur Mitte nimmt Hom den alten Weg. Danach schlägt er diese Richtung ein, aus der Stanes zu ihnen stieß. Obgleich es auch nicht sicher ist, dass es an dem sein muss, was er vermutet. Wenn nicht, was dann? Eine solche Überraschung wie schon einmal ihm vorzuspielen, dazu ist auch ein Zeisig nicht fähig.

»Spuren lesen, Hom.«

Das Dickicht gibt nichts Brauchbares her.

»Irgendwo, Hom, muss es enden. Wo sich die Lagune befindet, ist auch das Meer nicht mehr weit.«

Kaum, dass sich Hom in Bewegung setzt, wird er niedergestreckt. Kopfschmerzen plagen ihn bei seinem Erwachen.

»Neu orientieren, Hom.«

Wessen Weg kreuzte er? Soweit sein Gefühl noch reicht, seine Glieder sind heil. Wer hindert ihn am Weitergehen? In seinen Taschen zu wühlen, lohnte sich nicht. Diese sind leer. Somit war er für einen Wegelagerer wertlos.

Hom versucht, sich vorsichtig zu erheben. Da fällt ein Zettel von ihm ab.

»Vernehme das Krächzen der Krähen. Sie schwärmen aus.«

Dann brüllt es Hom hinaus, in der Hoffnung, dass seine Worte denjenigen, der dies getan hat, auch erreichen.

»Krähen. Das widerlichste von allem widerlichsten Gefieder der Lüfte. Wer bist du? Wer dirigiert den Chor?«

Ein Abbrechen kommt für ihn ab jetzt nicht mehr in Frage. Hom fühlt, dass die Spur unter seinen Füßen schon fast in Flammen steht.

Entweder gehe ich unter oder mische mit.«

Die Spur verliert sich, dafür öffnet sich die Parklane. Die Weite des Meeres wird sichtbar. Trügerische Ruhe umgibt ihn. Leichter Sandstrand zeichnet sich ab. Nur das Bild, das sich ihm bietet, will sich nicht auflösen. Es nimmt sich aus, als ob seit Menschengedenken niemand hier gewesen sei.

»Wie wird es Zeisig aufnehmen, wenn ich ihm meine Wahrnehmung offenbare?«

»Für das, was ich einstecken musste, präsentiere ich dir die Rechnung, Zeisig.«

Selbst Zeisig war erstaunt über das, was ihm Hom zu berichten hatte.

»Zeisig. Du hast wirklich keine Ahnung, wer mir dieses Ding verpasste?«

»Woher? Was wolltest du mit deinem Alleingang bezwecken? Das ist nicht der erste von dir. Glaubst du im

Ernst, jeder lässt sich so einfach in die Suppe spucken? Wonca ist da entschieden vorsichtiger.«

War es Absicht oder nur Unvorsichtigkeit von Zeisig, als er den Namen Wonca zum zweiten Mal aussprach?

»Wonca, höre ich von dir zum zweiten Male. Woher kennst du diesen Namen?«

»Hom, so wie mir scheint, sehnst du dich nach etwas Großem. Willst du es nicht bei dem Bisherigen belassen? Ein Geschäft dieser Art funktioniert nur so lange, wie die Ausführenden die Stange halten. Verlässt auch nur einer seinen Posten, gerät alles ins Wanken. Wenn du Sehnsucht nach der Hölle hast, setze dich in den Sand. Der Teufel lässt nicht lange auf sich warten. Wähle.«

Dass Zeisig seine Frage übergeht, zählt für ihn nicht mehr.

»Zeisig, mir geht es nicht darum, wofür ich mich zu entscheiden habe. Meinen Weg habe ich mir mit der Bekanntschaft aus dieser Zunft längst ausgewählt. Das, was wir bisher ausführten, war überschaubar. Im Gegensatz zu dem heute.«

»Vorahnung, Hom?«

»Was soll das schon wieder.«

»Nichts weiter.«

»Dann gehe ich fest davon aus, dass Wonca rein zufällig und dann auch noch durch mich zu dieser Ehre kam.«

»Gut zurechtgelegt, Hom. Begreife es und halte fest

daran. Such nicht weiter nach Wegen, vor denen sogar ein Sono zu kapitulieren gezwungen bleibt.«

»Ach ja Sono. Was ist mit ihm? Gibt es noch eine Spur von ihm?«

»Sono holt sich kalte Füße. Zweifel sind angebracht, ob er sich diese noch einmal warmlaufen kann. Wenn, dann nur durch die Unvorsichtigkeit einiger von uns. Du, Hom, bist auf dem besten Wege dazu.«

»Schiebe mir nicht alleine alle Schuld zu. Es sind auch noch andere daran beteiligt.«

Zeisig winkt ab.

»Hom, du tätest besser daran, wenn du das, was du glaubst zu wissen, oder gar gesehen zu haben, für dich behältst. Wenn nicht, dann fahr zur Hölle.«

Wie ernst es nicht nur Zeisig damit ist, Hom bekam es deutlich mehrmals zu spüren. Wohltuend nimmt sich für ihn nur aus, dass auch Sono ins Leere läuft. Somit wird klar, auch ein Sono ist nicht allmächtig.

Stanes, Zaco? Wo befindet sich das Rudel? Dass ein Stanes so ohne Weiteres aufgibt, vermag auch Hom nicht zu glauben. Jeder andere, aber nicht Stanes. Wenn, dann muss er schon richtiggehend zerlegt werden. Nur danach sieht es im Augenblick nicht aus.

Was Hom auffällt. Zeisig unternimmt keine Anstalten, zum Bunker zu schreiten. Hat Zeisig doch damit zu tun? Zeisig wird Hom immer unheimlicher. Fehlt nur noch der wehende Mantel des Todes. Was bleibt? Seine Zelte doch in der Parklane aufschlagen? Ausschließen will er dies nicht mehr. Zunächst abwarten, was Wonca nach seiner Rückkehr zu berichten hat. Dennoch sein eigenes Umfeld nicht mehr aus den Augen verlieren. Er verlässt Zeisig. Es war ohnedies kein Tag, an dem eine Übergabe anstand.

Auf Woncas Weg zeigt sich keine Veränderung. Sogar die obligatorischen Schatten scheinen sich verflüchtigt zu haben. Dies muss dennoch nicht so sein. Wenn nicht hier, können sie sich jederzeit anderweitig eingenistet haben.

Der Zaunkönig hat sein angestammtes Nest verlassen. Er reiht sich anderen Ortes ein. Seiner Dienste in der Parklane bedarf es nicht mehr. Die Lunte war ausgelegt. Wer diese in Brand steckt, hat ihn nicht zu interessieren. Dennoch gänzlich vermag er sich noch nicht daraus zu verabschieden. Sein eigentlicher Brotgeber lauscht nach wie vor seinem Gesang. Was ihm selbst zufliegt, ist kaum ausreichend. Es bedarf noch der Mithilfe des Zaunkönigs. Wie lange noch, wird sich ergeben.

Hom verzichtet dieses Mal auf die Begleitung Macis zu Wonca. Er begibt sich noch vor der Rückkehr Woncas in dessen Behausung. Diese vorzeitige Aufsuchung beschert ihm zwei Vorteile. Zum einen ist er im eigenen Domizil nicht anzutreffen, sollte doch jemand Sehnsucht nach ihm haben, zum anderen hat er besser das Umfeld Woncas vor seiner Rückkehr im Auge, zieht er aber Bilanz bis zu dessen Rückkehr, bleibt sein Notizbuch leer.

Sehr erstaunt gab sich Wonca nicht, als er Hom bei sich zu Hause antrifft. Dennoch, etwas Verstimmung lag schon in der Luft.

»Was bewog dich, hier meiner Rückkehr zu harren?«

»Meine Aufwartung mag dich erstaunen, Wonca. Doch die größten Geheimnisse beherbergt nach wie vor die Parklane.«

Als Hom geendet hatte, lehnte sich Wonca erst einmal zurück.

»Tief durchatmen, Hom. Es lag demnach nicht in Zeisigs Absicht, mich durch dich damit zu betrauen.«

»Was sich bislang ereignete, lässt keinen anderen Schluss zu.«

»Im Vergleich zu dem Vorherigen säumte nichts Auffälliges meinen Weg.«

»Fügen wir zusammen, was wir haben. Keine fremde Schatten begleiten weder dich noch mich. Der Zaunkönig scheint über alle Berge zu sein. Die Nachtigall ist ebenfalls verstummt. Mir schwant daher nichts Gutes. Sono, so Zeisig, schlittert von einer Enttäuschung in die andere. Wie lange glaubt Zeisig, dass Sono dem noch zusieht?«

»Hom. Halte dich um alles in der Welt da heraus. Lass andere diesen Kampf ausfechten. Solange uns Zeisig Nahrung anbietet, sehe ich keine Veranlassung, tiefer zu schürfen. Und das solltest du auch.«

»Genau das ist es, was zutrifft, Wonca. Solange. Wann bricht es ab? Wer übernimmt dann? Kannst du das zulassen oder gar verhindern?«

»Hom. Sollte sich der Wind in die andere Richtung drehen, bleibt immer noch Zeit einzuschreiten.«

»Deine Geduld in Ehren. Wenn es sich auszahlt, bist du bewundernswert. Sollte Zaco nach dir damit beauftragt werden, fraglich ob Zeisig das auch von ihm sagen kann. Was wurde mir zugeflüstert? Ein Sturm braut sich zusammen. Dunkelheit überzieht das Land. Nur das sind alles Dinge, von denen ein Zeisig nichts wissen will.«

»Das kann er auch, Hom. Kommt es dazu, so reißt ihn weder der Sturm mit, noch verschluckt ihn die Dunkelheit. Zeisig sitzt fest im Sattel.«

Hom nimmt die Scheine an sich.

Wonca erkundigt sich bei Hom.

»Willst du Fasi an deiner Seite haben?«

Hom winkt ab.

»Nein. Im Augenblick ist mir das zu gefährlich. Unbedachtes Handeln von Fasi kann uns um alle Früchte bringen.«

Wonca nickt dazu.

»Zum ersten Male höre ich weise Worte von dir.«

»Deine Worte, Wonca, zu wiederholen. Wie sicher Zeisig eingebunden ist, ich vermag es noch nicht einmal zu erahnen. Rückenwind muss gegeben sein. Damit liegst du richtig. Wie sonst könnte er nach all dem so gelassen auftreten. An Sono, vor dem er geflüchtet ist, verschwendet Zeisig keinen einzigen Gedanken. Er gibt sich so, als gäbe es einen Sono nicht mehr.«

Schrecken erfasst Wonca über die Worte Homs. Auch Hom kommt die Tragweite erst jetzt auf dem Weg zu Zeisig so richtig zu Bewusstsein.

»Du glaubst doch nicht etwa Hom?«

»Wonca, sage mir, was sich hier noch als glaubwürdig ausnimmt. Einer weiß vom anderen nichts. Zumindest benimmt sich jeder so. Dabei stecken sie so tief im Morast, wo nicht mehr viel fehlt und sie werden mit hinabgezogen. Ich rede hier nicht von Zaco und seinen Wölfen. Andere sind es, die dir im Vorübergehen ihre Weisheiten an den Kopf werfen. Woher nehmen sie die Gewissheit, dass es so kommt? Doch nur weil sie mit am Strang ziehen. Die Parklane wird so mehr und mehr zum idealen Treffpunkt. Die kurze flache Stelle, auf die ich gestoßen bin, reicht aus, um Boote an Land zu ziehen. Wer es versteht, Spuren zu verwischen, und das ist uns allen eingeimpft, lässt nichts Sichtbares zurück. Bis zur Lagune ist es kein weiter Weg mehr. Sie spuckt ohnehin, wenn es darauf ankommt, nichts mehr aus.«

»Denke nicht so weit, Hom.«

»Das sollten wir aber. Zumindest so lange, bis alles offen liegt, was hier gespielt wird. Am liebsten möchte ich alle in der Lagune versammelt sehen, die Bestien um sie herum, damit sich jeder zur Wahrheit bekennen muss. Zaco hat nicht viel anzubieten. Stanes ist sein einziges Zugpferd. Mehr ist auch mir nicht geläufig. Die meisten aus seinem Rudel haben sich verstreut. Der eine oder andere mag sich noch zeigen, was darüber hinausgeht, ist nicht mehr existent. Zaco steht so gut wie alleine da.«

»Vielleicht bekommt ihm die Rolle als Einzelgänger besser.«

»Auf jedem Gang zu Zeisig beschäftigt mich die Frage, was erwartet mich? Allein schon der Weg ist nur so mit Geheimnissen regelrecht gespickt. Wann dringt endlich Licht in das Dunkel?«

»Führst du eine Waffe mit dir?«

»Nein. Ich bin nicht erpicht darauf, wegen einer Kleinigkeit den Schlussakkord zu versäumen.«

»Siehst du ihn kommen?«

»Ich gebe nur das weiter, was mir die Nachtigall zuge-zwitschert hat.«

»Es muss nicht so sein. Fordere daher du wenigstens keinen heraus.«

»Lässt es sich noch vermeiden? Wenn eines unserer Zunft abhandengekommen ist, dann ist es die Ehrlich-keit zu uns selbst. Zumindest sollte eine solche unterei-nander weiter Bestand haben. Nur Dritten gegenüber Schweigen walten lassen. So meine Einstellung. Aber, hier stehe ich wohl mit meinem Wunsch alleine. Fragen werde ich Zeisig stellen. Ob es Antworten gibt, kaum vorstellbar.«

Die Ruhe, die Hom auf seinem Weg umgibt, macht ihn mehr zu schaffen als Ungebetene, die glauben, im-mer etwas vorbringen zu müssen. Diese Ruhe könnte ihn leicht dazu verleiten, sich als Spaziergänger zu fühlen. Sollte er das denn nicht auch? Seinem Auftrag angemes-sen ja, wenn nur nicht.

»Hom. Katapultiere dich nicht selbst aus dem Rennen. Halte fest daran, und wenn die Parklane im Feuersturm verbrennt.«

Kein Zweig bewegt sich. Kein fremder Atemzug zu vernehmen. Wie ausgestorben liegt die Parklane in der Sonne. Sogar ein Zeisig scheint Gefallen daran gefunden zu haben. Wie faul liegt er im Sand, als Hom bei ihm eintrifft.

Hom wirft Zeisig das Bündel Scheine auf den Bauch. Seine Worte sind nicht gerade freundlich gesinnt.

»Wie lange noch?«

Gemächlich erhebt sich Zeisig.

»Was, wie lange noch.«

»Wie lange wir noch zum Narren gehalten werden. Wonca und ich fühlen uns jedenfalls so. Wie viele Augen sehen für dich?«

Hat Zeisig auch längst diese Frage erwartet, nur nicht in diesem Zusammenhang.

Hom fährt fort.

»Willst du warten, bis die Mühle stillsteht und das Rad sich nicht mehr dreht, Zeisig? Oder gar bis die Parklane Feuer fängt? Ein einziger Funke an falscher Stelle reicht aus. Wie hoch ist dein Einsatz? Wie steht es um deinen Verdienst? Unserer hier nimmt sich bescheiden aus. Es sei denn, du weißt nicht, wovon ich rede. Damit will weder Wonca noch ich etwas zu tun haben.«

»Ich weiß, worauf du hinauswillst. Was zählt schon eine unliebsam gewordene Person mehr oder weniger. Noch dazu, wenn sie sich zu einem Monster mausert. Wer hegt schon groß daran ein Interesse. Ich kann dich aber beruhigen. Sono bewegt noch seine Beine über diese Erde.«

»Du sagst selbst: noch. Warum verschweigst du mir das Wo?«

Zeisig zuckt nur mit den Schultern.

»Unbekannt.«

Hom kann es glauben oder nicht. Er muss sich damit zufriedengeben.

Unbemerkt schält sich jemand aus dem Dickicht. Erschrocken dreht sich Hom um.

»Wer ist das, Zeisig?«

»Lien. Mein zweites Augenpaar.«

»Wer hält sich sonst noch hier verborgen?«

»Sieh nach.«

Lien meldet sich zu Wort.

»Du befürchtest einen Flächenbrand. Einen solchen wird es nicht geben. Die Zeichen stehen gut. Jeder gibt das von sich, was ihm aufgetragen. Zu Sono sei gesagt, wer seine Nase zu tief in fremde Sachen steckt, darf sich nicht wunden, wenn er ihrer verlustig geht. Noch ist es nicht geschehen. Auch zum Baden in der Lagune bestand noch kein Anlass.«

Wieder zeigt sich Hom ein fremdes Gesicht. Langsam schließt sich der Kreis. Es fragt sich nur, wie umfangreich sich dieser am Ende ausnimmt.

Hom erinnert Zeisig an den Grund seines Hierseins.

»Sind unsere Dienste noch gefragt?«

Zeisig schreitet zum Bunker. Zu seiner Verblüffung muss Zeisig feststellen, der Bunker ist leer.

Stanes tritt in diesem Augenblick ins Freie. Er präsentiert das Säckchen. Zu Zeisig gewandt.

»Getas. Suchst du das hier?«

Hom blickt von einem zum anderen. Ein weiterer Name wird ihm offeriert …

Stanes fährt fort.

»Getas. Du hast unsere Abmachung verletzt.«

»Stanes, dem war nicht so. Was würdest du tun, wenn jemand versucht, dir die Schlinge um den Hals zu legen? Kannst du da noch frei atmen? Sono brauchte diese nur noch zuzuziehen.«

»Du hast dich in die falsche Richtung begeben.«

»Was soll das, Stanes?«

»Was es war, der falsche Weg.«

»Rako«, entfährt es Getas.

»Was hat der Zaunkönig damit zu tun?«

»Von ıhm stammt die Notiz, die er mir übergab, diese sei von dir.«

Hom gerät langsam über all die Namen in Schwierigkeiten. Obgleich für ihn der Zaunkönig einen Begriff darstellt, doch eben nur als einer aus der großen Vogelschar. Hom faucht Getas an.

»Ob Zeisig oder Getas, wie auch immer. Wie viele nächtigen noch in der Parklane?«

»Hom, Rakos Unterkommen befindet sich nicht hier. Frage mich nicht wo. Bist du etwa ebenfalls?«

Hom schwieg zu der Frage.

»Getas. Unterbreite mir lieber, wer Sono ins Spiel brachte. Wer ist hier wem im Wege?«

»Du glaubst doch nicht, ich selbst hätte Sono freiwillig auf mich gehetzt?«

Unvermittelt tritt Fasi heraus.

Hom brüllt ihn sogleich an.

»Was bringt dich hierher?«

»Reg dich wieder ab. Ich war schon lange vor dir in der Wildnis.«

Fasi schreitet zur Lagune und reibt sich genüsslich die Hände.

»Geduld, meine Schäfchen. Bald wird zum Dinner geladen. Für euren Bedarf ist ausreichend gesorgt.«

Getas wie Hom haben alle Hände voll zu tun, um keine Eskalation heraufzubeschwören.

Hom versucht es auf seine Weise.

»Fasi, finde Rako, den Zaunkönig. Nimm dich seiner an.«

Fasi entfernt sich. Getas sieht ihm versonnen nach. Hom versucht, Getas zu beruhigen.

»Fasi weiß, wo er zu suchen hat. Was noch fehlt, ist die Nachtigall.«

»Die Nachtigall?«

So fragt Getas.

»Jetzt wirfst du mit Namen um dich, die mir fremd sind.«

»Sein Flüstern auf der Straße, Getas, klingt noch immer in mir nach.«

Lien mischt sich ein.

»Nebas, Zeisig. Er stiftet gerne Verwirrung.«

»Das ist ihm auch gelungen. Auch er wird die Rechnung noch begleichen. Rako, Zeisig, kannst du abschreiben.«

»Bist du da nicht etwas zu voreilig?«

»Wem sich Fasi vornimmt, wacht im Diesseits nicht mehr auf.«

»Wenn Hom.«

»Du glaubst demnach nicht daran.«

Lien entfernt sich unmerklich, um Fasi zu folgen. Kurz darauf schleppen Nebas und Lien Fasi herbei. Ist er auch übel zugerichtet, er atmet noch. Sie legen Fasi Hom und Getas vor die Füße.

In diesem Augenblick fallen Schüsse in Richtung der Gruppe. Ein Mann tritt auf die Lichtung.

Getas brüllt los.

»Bergas.«

Wer noch Atem in sich verspürt, starrt ihn an. Getas klärt auf.

»Bergas. Besser bekannt unter dem Namen die Spinne. Bergas, muss das sein?«

»Was spricht dagegen? Nur eine Handvoll zählt zu meiner Gruppe. Die Überflüssigen sind zum Schweigen zu bringen. Oder willst du diese unnützen Kreaturen weiter durchfüttern? Sie sind zu nichts mehr tauglich. Übergebe sie der Lagune. Von dort kehrt ohnedies niemand mehr zurück. Die Wege sind geebnet, die Spur eingefahren. Das Ziel, was gesetzt, erreicht. Der Parklane wird ein weiteres Geheimnis überlassen, das vielen noch Rätsel aufgeben wird.«

Danach entfernt sich die Spinne mit vier seiner engsten Mitstreiter.

ENDE